Return
of the Meister

Return of the Meister 7 〈완결〉

초판 1쇄 인쇄일 2015년 3월 25일 | **초판 1쇄 발행일** 2015년 3월 27일

지은이 서 야 | **펴낸이** 곽중열 | **담당편집 팀장** 이범수
편집부 신연제 이윤아 김호성 김은경

펴낸곳 (주)조은세상 | 출판등록 제 2002-23호
주소 경기도 연천군 미산면 청정로 1355
TEL 편집부 02)587-2966 | FAX 02)587-2922
e-mail bukdu@comics21c.co.kr

7

완결

귀환 마이스터

서야 현대 판타지 장편소설

NEO MODERN FANTASY STORY

Return of the Meister

북두
(주)조은세상

CONTENTS

*Return
of the Meister*

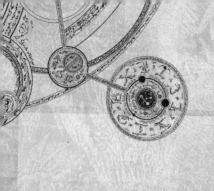

Return of the Meister

NEO MODERN FANTASY STORY

1. 어두운 그림자

1. 어두운 그림자

Return of the Meister

이정남은 오늘도 평소와 다름없이 새벽에 기상을 했다.

그가 대리 운영하고 있는 하늘마을 펜션을 한 바퀴 주욱 돌아보고 나면 으레 습관처럼 폐광으로 향했다.

사실 폐광도 그다지 볼 게 없었다.

하지만 그는 진혁과 약속한 대로 하루에 1번, 아니 새벽과 정오, 잠자리에 들기 전에 무슨 일이 있어도 꼭 폐광을 둘러보았다.

진혁에게 입은 은혜가 너무도 컸기 때문이었다.

그리고 폐광은 그에게 목숨처럼 소중한 가업의 유산이었던 까닭도 있었다.

다만, 무너져 내린 폐광이 무엇이 특별한 게 있을까.

그래도 이정남은 일주일에 한 번씩은 반드시 회사로 폐광과 근처 광산 상황을 보고했다.

여름이 다가와서 그런지 새벽 5시임에도 벌써 날이 환해지기 시작했다.

"여긴 언제 와도 좋구나."

이정남은 혼잣말로 중얼거렸다.

상쾌한 바람이 그의 코를 자극했다.

시원하다.

그는 진혁이 고의적으로 무너트린 폐광을 애정 어린 눈으로 바라보았다.

이제는 이전처럼 광산을 들어가 볼 수는 없었지만, 그래도 입구만 봐도 몽글몽글 마음이 아련해져왔다.

늘 똑같다.

매일 하루 세 번씩, 때로는 그 이상을 와 봐도.

늘 이곳을 보는 것만으로도 기분이 좋은, 한편으로는 슬픈 감정이 동시에 교차했다.

아마도 그의 아버지부터 시작해서, 그의 아들까지 핏땀을 쏟았던 곳이라 그럴 수 있다.

"자식, 내가 죽고 네가 살았어야 했는데……."

이정남은 아들의 생각에 미치자 자신도 모르게 중얼거렸다.

광산에서 일하다가 병에 걸려 일찍 죽은 아들 생각에 가숨이 미어질 것만 같았다.

아버지 역시 마찬가지였지만 말이다.

부모는 자식을 가슴에 묻는다고 하지 않았던가.

아들을 낳고 아내가 일찍 죽었다.

그 아들을 아버지와 자신이 키웠다.

두 사람이 할 수 있는 게 이일이었고, 자연히 자식도 할
아버지와 아버지를 따라 이 일을 했었다.

그런데 이 일이 이정남에게는 잔혹한 결과를 주었다.

세부자의 피땀 어린 광산이 결국 이정남의 아버지와, 아
들을 동시에 앗아간 셈이었다.

처음엔 이곳을 팔고 떠나려고 했다.

하지만 발길은 이곳으로 그를 붙잡고 있었다.

이곳을 떠나면 그의 아버지, 아들을 영원히 잃을 것만
같았기 때문이었다.

광산은 또한 그의 아버지와 아들의 재를 묻은 곳이기도
했다.

이정남의 눈에서 눈물이 맺혔다.

쓰윽.

그는 두껍고 잔상처가 수없이 나있는 손으로 눈가를 훔
쳤다.

'내가 늙었군.'

평소 이렇게 추억에 젖지는 않는데, 오늘따라 유달리

아버지와 아들이 보고 싶은 건 왜일까.

"에효."

그는 긴 한숨을 쉬었다.

그리고는 덥석 그 자리에 주저앉았다.

바로 폐광 입구에 말이다.

허름한 그의 바지에 흙먼지가 붙겠지만 그는 그런 것은 아랑곳 하지 않았다.

이정남은 품 안에서 담배를 귀중한 물건이 되는 것 마냥 꺼내들었다.

하루 세 개피.

바로 이 폐광 앞에서만 피우는 소중한 그의 담배였다.

지혜의 잔소리로 한때나마 금연까지 해보았지만 소용이 없었다.

담배라는 것이 자고로 애인과 헤어지는 것보다 더 어려웠다.

어쨌거나 그는 얼마 전 부터는 폐광 앞에서만 담배 한 개 피를 피우고 있었다.

왠지 담배를 피우는 것에 대한 정당한 이유를 대는 기분이다.

딸깍.

바지주머니에서 라이터를 꺼내서 담배에 불을 붙였다.

몽글몽글.

담배 연기가 피어오르면서 담배 특유의 쓴맛이 목구멍으로 빨려 들어갔다.

"캬악, 바로 이 맛이지."

이정남은 담배 한 개 피에 천하를 다 얻은 사람 같은 표정을 일부러 지었다.

좀 전의 아련하고 슬픈 감정은 담배연기에 하나씩 하나씩 날려 보냈다.

그 때, 그의 눈에 자신의 그림자 모습이 보였다.

그다지 볼 것도 없는 그림자다.

그런데 참 이상했다.

이정남은 고개를 갸웃했다.

순간 그의 전신에서 소름이 쫘악 돋았다.

'거 참, 이상하지?'

그는 자신의 그림자를 보고 소름이 다 돋다니 하는 생각이 들었다.

벌떡.

이정남은 자리에서 일어섰다.

혹시나 폐광에 무슨 일이 있나 한 번 더 살펴볼 심산이었다.

하지만 입구부터 무너져 내린 탄광은 한 눈에 딱 봐도 여전히 그때와 똑같았다.

'다른 날과 똑같은데……'

이정남은 고개를 갸웃거렸다.

'내가 새벽부터 눈물 타령하니 감정이 격해졌었나 보군.'

이정남은 쓸쓸하게 웃었다.

오늘은 자신이 평소 같지 않았다고 생각했다.

그리고 그 탓으로 돌렸다.

이정남은 폐광의 모습에서 별 다른 점을 찾지 못하자 이내 안심을 했다.

그리고는 자신의 그림자를 다시 바라봤다.

"……."

별 다른 게 없다.

좀 전의 일은 그냥 일시적인 현상이었나 보다.

'내가 착각했었나?'

이정남은 고개를 연신 갸웃했다.

하지만 아무리 봐도 좀 전의 소름 같은 느낌은 받을 수가 없었다.

'내 그림자에 내가 다 놀라다니, 어디 가서 이런 얘기하면 늙었다고 조롱이나 받지.'

이정남은 그렇게 생각하고는 쓴웃음을 지었다.

이제 그만 내려 가 봐야 할 시간이었다.

그가 운영하고 있는 하늘마을 펜션에는 젊은 부부 한 쌍과 중년의 사내가 머물고 있기 때문이었다.

그는 몇 달 전부터 펜션에 머무는 손님들에게 간단한

토스트와 계란 프라이, 커피를 준비해주고 있었기 때문에 그들이 일어나기 전에 주방으로 돌아가야 했다.

그는 손가락에 끼어있는 담배꽁초를 땅에 한번 비비고는 바지호주머니 속으로 집어넣었다.

그리고는 이정남은 느릿한 걸음으로 펜션으로 내려갔다.

❖

폐광에서 내려와 하늘마을 펜션이 저 멀리서 조그맣게 보일 때였다.

"아저씨, 어디 갔다 왔어요?"

귀여운 여자아이의 낭랑한 목소리.

순간 이정남은 얼굴에는 환한 빛이 감돌았다.

이지혜가 온 것이었다.

진혁이 너무나 바빠 태백산에 코빼기도 비치기가 어려운 만큼, 이지혜가 대신 이정남의 하늘마을 펜션을 수시로 들락거렸다.

그렇다고 감시하려고 온 것은 아니다.

그녀는 태백산에 있는 구을단을 정말 좋아했다.

진혁에게 구을단의 역사를 구구절절하게 연설을 해줄 수 있었을 만큼 이곳에 대해서 잘 알고 있었다.

그만큼 애정도가 컸다.

그리고 언제부턴가.

구을단에서 나오는 특유의 기운이 이지혜를 점점 매료 시켰다.

지혜는 진혁이 스케줄을 무리해서라도 이곳에 몇 번 들렀던 이유가 이해되었다.

정말 이곳이 좋다.

그리고 펜션 관리인이자 전 주인인 이정남을 보면 친아빠를 보는 것처럼 마음이 편했다.

정말 이정남은 어느새 수시로 들락거리고 있는 지혜를 제 딸처럼 예뻐 해주고 있었다.

그 덕에 서울에 있는 가족들이나 진혁은 지혜가 태백산으로 갈 때 마다 큰 걱정을 하지 않았다.

오히려 학교생활에 그다지 적응하지 못하는 지혜가 이곳에서나마 편안한 시간을 갖을 수 있다는 사실에 기뻐하고 있었다.

"넌 학교는 어떻게 하고 또 내려와?"

이정남이 마음에도 없는 잔소리를 했다.

"칫, 그래도 중간고사는 치르고 왔어요."

"그랬어? 그나마 다행이네."

이정남은 흐뭇한 미소를 띠면서 말했다.

"시험 잘 봤냐고 안 물어봐요?"

지혜가 입을 삐죽 내밀면서 말했다.

"학교도 잘 안가는 녀석에게 시험 잘 봤냐고 뭐 하러 묻냐? 안 봐도 뻔하지."

이정남이 웃으면서 한마디 했다.

"에이, 재미없어."

지혜는 입술을 삐죽 내밀었다.

"재미도 없는데 뭐 하러 와?"

이정남은 타박하듯이 말했다.

하지만 그의 말속에는 애정이 듬뿍 서려있었다.

어느 샌가 그는 지혜를 손녀처럼, 딸처럼 이뻐하고 있었다.

"뭐 아저씨 보러 오나요? 일 잘하시나 감시도 할 겸 땡땡이 치러 오는 거지."

지혜는 당돌하게 말했다.

누가 들으면 꽤나 욕먹을 말이었다.

하지만 이정남은 지혜의 말 속에 어린 애정을 알고 있었다.

지혜는 말하는데 서투르다.

언뜻 들으면 서운한 말도 툭툭 잘 뱉는다.

그런 것 때문에 진혁이 학교에서 친구들에게 말조심하라고 당부를 늘 하곤 했다.

하지만 타고난 무녀의 끼는 어쩔 수가 없나보다.

지혜 딴에는 도움을 주려고 하는 말인데 그것이 아이들을 놀라게 한다.

솔직히 지혜또래의 중학생 아이들이, 신이니 잡신이니 뭐가 묻었다느니 하는 말을 어떻게 이해할 수가 있겠는가.

그리고 그런 소리를 들은 아이의 부모들이 또 어떻게 이해를 해줄 수 있겠는가.

지혜가 자연히 학교에서 왕따를 당할 수밖에 없는 상황이었다.

그래서 그런지, 지혜는 학교에 가기보다 이곳에 오는 것을 더 좋아했다.

물론 태백산 구을단에 대한 애정도 대단했고 말이다.

그녀는 늘 이곳에서 살고 싶어 했다.

진혁만 아니면 벌써 보따리 싸서 이곳으로 옮겼을 그녀였다.

"토스트에 달걀 프라이 먹을래?"

이정남이 지혜에게 애정 어린 시선으로 물었다.

"에이, 그건 저쪽 방에 있는 이상한 커플에게나 주세요. 전 제 손으로 밥해먹을래요."

지혜는 그렇게 말하면서 주방이 있는 쪽으로 쪼르르 달려갔다.

'이상한 커플?'

이정남은 지혜를 따라가려다 말고 그녀의 말에 멈칫했다.

분명 지혜가 가리킨 방은 신혼부부가 들어가 있는 방이었다.

아무리 말을 이상하게 하는 지혜라고 해도 신혼부부에게 이상한 커플이라는 말은 하지 않는다.

'무슨 뜻이지….'

이정남은 왠지 찝찝한 기분이 들었다.

그는 힐끔 신혼부부가 있는 어울림방 쪽을 쳐다보았다.

아직 신혼부부는 일어나지 않았는지 조용했다.

하긴 아직 새벽 6시다.

신혼부부도 마찬가지지만 보통 커플들이 방에 들어서면 이렇게 일찍 일어나지 않는다.

'뭘까?'

이정남은 고개를 갸웃거리면서 지혜가 달려간 주방 쪽으로 걸음을 했다.

그때였다.

신혼부부가 있는 방이 열렸다.

20대 후반으로 보이는 남편과 20대 중반의 아내가 연달아 방으로 나왔다.

덕분에 이정남은 신혼부부가 딱 마주치게 된 셈이었다.

"잘 주무셨습니까?"

이정남은 사람 좋은 얼굴을 하면서 두 사람에게 인사를 했다.

명색이 관리인인데 이들을 무시하고 지나갈 수는 없었다.

하지만 관리인으로 너무 수다를 떠는 것도 펜션을 찾아오는 사람들이 꺼려한다.

이정남은 예의상 말만 툭 던지고 주방 쪽으로 걸음을 향하려고 했다.

하지만 신혼 부부 중 아내인 여자가 그를 잡았다.

"이곳은 정말 아름답네요. 사장님은 정말 좋으시겠어요. 호호호."

여자는 부럽다는 듯이 저 멀리 보이는 태백산의 봉우리를 한번 쳐다보고 이정남을 쳐다보았다.

"그, 그렇죠."

이정남은 자신도 모르게 당황했다.

여자의 눈길이 예사롭지 않았다.

마치 자신을 유혹하듯이 볼까지 발그스름해지면서 말을 걸었기 때문이었다.

이정남은 남편인 자를 쳐다보았다.

그는 아내가 무엇을 하든지 신경 쓰지 않는 눈치였다.

오히려 정원의 이것저것을 구경하느라 이정남과 아내는 그의 관심 밖인 듯 했다.

'거참, 이상하네. 명색이 신혼부부라 했거늘.'

이정남은 께름칙한 생각이 들었다.

하지만 내색을 할 수는 없었다.

"사장님, 저희가 이곳을 잘 모르는데 안내 좀 해주시겠어요?"

20대 중반의 여자는 이정남에게 얼굴을 바짝 들이대면서 약간 코맹맹한 목소리로 말했다.

화끈.

이정남의 얼굴이 순간 붉어질 뻔 했다.

얼마나 두 사람의 거리가 가까웠는지, 여자의 숨소리까지 들려왔다.

오랫동안 여자를 멀리한 이정남이었지만 아무래도 그도 남자는 남자였다.

이정남은 뻘쭘한 표정으로 남편 쪽을 재차 보았다.

남편이라는 사내는 전혀 신경 쓰지 않는지 벌써 두 사람이 있는 곳에서 떨어져 있었다.

그는 연신 정원에 피어있는 꽃들에게만 관심을 주고 있었다.

"저… 저는… 사….."

이정남은 자신을 사장으로 부르는 여자에게 사장이 아니라고 말을 하려고 했다.

하지만 그 말도 이내 여자에 의해서 막혔다.

"시간 내주시는 거죠?"

여자는 그렇게 말하면서 이정남의 팔을 살짝 꼬집었다.

찌릿찌릿.

21

순간 온몸에 전율이 왔다.

도대체 이런 기분을 뭐라고 설명해야 하지.

이정남은 멍청이가 된 것만 같았다.

신혼이라는 여자가 노골적으로 50대인 자신을 유혹하고 있었다.

그런데 남편이라는 작자는 그런 아내를 버려두고 신경 쓰고 있지 않다.

게다가 여자가 자신을 꼬집었을 때 받은 느낌은 뭐라고 표현할 수가 없었다.

그렇다고 이정남이 자신의 딸 뻘인 여자에게 넘어갔다는 소리는 아니다.

뭔가 이상했다.

온몸에 소름이라고 해야 할지.

새벽에 자신의 그림자를 보고 순간 느꼈던 소름보다 더 진한 무엇이었다.

전신이 다 아득해지는 기분마저 들었다.

거기에 여자에 대한 욕정도 온몸에서 모락모락 피어오르고 있었다.

이정남의 정신은 그 여자를 그다지 관심 없어 하는데도 불구하고 몸은 이상하게 반응을 보이고 있었다.

'내가 미쳤지.'

이정남은 황급히 얼굴을 외면했다.

자신이 할 수 있는 마지막 힘을 애써 낸 셈 이었다.

"나, 나중에 도와드리겠습니다."

이정남은 간신히 그렇게 말을 쏟아 냈다.

진혁은 멍하니 침대에 앉아 있었다.

이렇게 여유로운 시간을 언제 가져봤는지 모르겠다.

물론 2시간 후면 부산으로 향해야 하지만 말이다.

진혁은 예정대로 부산 사직구장에서 열리는 청룡기 대회에 참석할 생각이었다.

'그게 태초의 돌이었다니.'

진혁은 자신의 아공간 깊숙이 처박혀있는 태초의 돌을 떠올렸다.

단순히 운석인줄 알았다.

같이 떨어진 29kg, 30kg짜리와 표면이 거의 흡사했기 때문이었다.

설마 태초의 돌이 카멜레온처럼 자신의 표면 색깔을 주위의 것들과 흡사하게 바꾸는 줄은 몰랐다.

아니 태초의 돌이란 게 있다는 것 조차 말이었다.

진혁이 엘 호수에서 다시 지구로 돌아올 때 그것에 대해서 보았다.

태초의 돌.

각 우주를 품는 대 우주가 처음 태동을 시작할 때.

인간의 뇌로 이해할 수 없는 지경 밖의 것들이 빛을 쏘기 시작할 때.

그 빛에 의해서 처음으로 생성된 돌.

바로 태초의 돌이다.

암흑물질.

우주의 90%는 암흑물질로 꽉 차 있다고 혹자는 말한다.

바로 그 암흑물질에 의해서 창조가 시작된다.

또한 창조의 것들이 생명이 다하면 초신성에 이르러 모든 것을 내놓고 사라질 때 만들어지기도 한다.

생명과 죽음의 양면을 가지고 있는 암흑물질.

그 암흑물질이 꽉 차있는 태초의 돌.

그 돌이 가진 힘이 얼마나 대단할지 상상하기조차 싫었다.

진혁은 그 태초의 돌이 한 인간의 의식을 장악하고 대한민국을 철저하게 부숴뜨리며 나아가 인류 전체를 무너트릴 려고 했는지 똑똑히 보았다.

물론 그 자신이 겪은 것은 아니다.

시공간의 오라를 통해서 보았지만 말이다.

하지만 그 힘은 그를 전율케 했다.

어쩌다가 이것이 지구로 떨어졌을까.

만약 이것이 진혁이 아닌, 다른 이의 손에 들어갔더라면.

아니 진혁이 처음 무심코 자신의 아공간 주머니에 넣지

않았더라면.

아니다.

태초의 돌이 애초에 의지를 발현했다면 자신의 아공간 주머니 따위는 쉽게 찢고 나왔으리라.

그리고 진혁의 의식을 조종할 수 있었을 지도 모른다.

무료.

무료함.

아마도 태초의 돌은 아공간 주머니에서 당분간 쉬고 싶어 했었던 것 같다.

끝없이.

시간도 없이.

공간도 없이.

우주를 떠도는 방랑자 태초의 돌은 어쩌면 쉬고 싶었는지도 모른다.

'휴, 그게 다행이었지.'

진혁은 내심 안도의 한숨을 쉬었다.

진혁이 과거에서 돌아오는 순간, 태초의 돌에 의해서 무너졌던 이곳도 다시 아무런 일도 없다는 듯이 모든 게 원래대로 움직였다.

어쩌면 진혁이 겪었던 과거, 판테온의 일은 태초의 돌이 그에게 보여준 꿈이었을까?

태초의 돌이 작은 장난을 친 걸까.

진혁은 아직도 자신이 판테온에서 돌아왔다는 게 실감
이 나지 않았다.

모든 게 선명했기 때문이었다.

그녀의 감촉.

따뜻하고 보드라운 입술의 감촉도.

백옥처럼 빛나는 그녀의 살결, 그 향도.

아직도 진혁의 가슴에 여운처럼 남아 있었다.

'잘 지내고 있겠지?'

진혁의 머릿속에는 에일레나 칸 스와트 여제의 생각으
로 꽉 차기 시작했다.

과연 그녀가 과거 판테온에서처럼 그대로 자객에 의해
서 죽임을 당했을까?

아니면 늙어 죽을 때까지 잘 먹고 잘 살고 있을까?

어쩌면 자객에 의해 죽어야할 운명이 그녀가 천재지변
으로 죽을 수도 있겠지.

모를 일이다.

시공간의 뒤틀임과 그 뒤틀임 덕분에 자신이 과거를 바
꿀 만한 일을 했다고 해도 말이다.

인간의 운명, 우주, 시공간……

이런 것들은 아직 진혁에게 어려운 명제인 것은 사실이
었다.

하지만 적어도 판테온의 평화를 위해서 애쓴 에일레나

가 사람들의 배신으로 죽임을 당하는 억울한 일은 최소한 막은 셈이었다.

'만족하자, 만족하자, 만족하자… 만족….'

진혁은 속으로 중얼거리면 자신을 다독거렸다.

욕심이 지나쳐도 안 된다.

하지만 진혁 그 자신도 인간인지라 에일레나가 사무치게 그리워지는 것은 사실이었다.

진혁의 얼굴에는 쓸쓸함이 더 짙어졌다.

그럴 수 밖에 없었다.

머리로는 잊는다고 해도 어디 가슴이 쉽게 잊겠는가.

과거 판테온에서도 그녀를 잃고, 마탑에만 머물러 있었던 게 몇 십 년이었다.

세월이 흐르고 흘러 그의 가슴이 무던해진 날에야 비로소 그녀를 놓아주었다.

그게 어디 놓아준 것일까.

그렇지 않고서야, 시공간의 뒤틀임 속에서 하필 에일레아 칸 스와트 여제와 마주쳤을까.

자신의 가슴속 깊은 무의식이 그녀를 가장 크게 떠안고 있기에 마주친 게 아닐까.

진혁은 그렇게 생각했다.

태초의 돌이 자신에게 장난을 친 것이리라.

"에효."

진혁은 자신도 모르게 거듭 한숨을 쉬었다.

벌컥.

소희였다.

진혁의 방문을 갑작스럽게 열어제끼더니 소희는 팔짱을 낀 채로 말없이 그를 노려보았다.

"왜?"

진혁은 뭔가 찔리는 게 있는 사람처럼 자신도 모르게 소희의 눈치를 보았다.

"흥."

소희는 콧방귀를 뀌었다.

"무슨 일 있니?"

진혁은 소희의 그런 태도에 의아한 듯한 표정으로 보았다.

사실 딱히 소희가 저러는 이유를 모르긴 했다.

"오빠는 인기 많아 좋겠다."

소희는 토라진 듯한 표정으로 말했다.

"내가 무슨 인기가 있어."

진혁은 머쓱한 표정을 지었다.

순간, 지혜가 자신의 입술을 훔쳤던 것을 떠올렸다.

'하필 이 생각이 떠오르다니.'

진혁은 동생 소희 앞에서 지혜가 자신의 입술에 뽀뽀한 것을 떠올리는 게 죄를 진 것 마냥 여겨졌다.

혹시 소희가 그 장면을 목격한 것은 아닐까.

진혁은 그 생각에 미치자 자신도 모르게 머쓱한 표정을 지었다.

"알긴 아나보지."

소희가 비꼬듯이 말했다.

"내가?"

진혁은 반사적으로 대답했다.

"이안나 언니가 오빠한테 뽀뽀하는 거 봤겠든!"

소희가 빽하니 소리를 질렀다.

'이안나?'

진혁은 그제서야 지혜가 자신에게 뽀뽀하기 전에 이안나가 볼에 뽀뽀했던 것을 떠올렸다.

"아."

진혁은 탄식소리를 냈다.

생각지도 못했기 때문이었다.

다행히 그 뒤로 지혜가 뽀뽀한 것은 보지 못한 듯 싶었다.

그랬더라면 더 난리 났을 텐데.

'말이 안 되지.'

진혁은 이안나의 기습뽀뽀 뒤에 바로 지혜의 기습뽀뽀가 있었던 것을 떠올렸다.

그렇다면 소희는 자신의 말대로 장면을 직접 목격한 것이 아니다.

누군가에게 듣고는 자신을 떠보는 게다.

진혁은 그 제서야 다소 안도가 되었다.

아직 어린 여동생에게 자신의 그런 모습을 직접 보여주기는 싫었다.

"그건 그냥 고맙다는 표시야."

진혁은 소희를 보면서 말했다.

"오홍, 그러면 나도 누군가가 나에게 호의를 보여주면 뽀뽀 해줘야겠다."

소희가 비꼬듯이 말했다.

진혁으로서는 기가 막혔다.

어느새 소희가 이렇게 컸을까.

"말도 안 되는 소리!"

진혁이 다소 목소리가 높아졌다.

사랑스러운 여동생이 이 남자, 저 남자의 볼에다 뽀뽀하는 꼴은 죽어도 못 본다.

"칫, 자기는 해도 되고 나는 안 되고."

소희는 뽀로통해진 얼굴이었다.

"너 좋아하는 녀석 있냐?"

진혁이 물었다.

왠지 찝찝한 기분이 들었기 때문이었다.

"왜 없겠어? 에효."

소희는 그렇게 말하면서 한숨을 쉬었다.

"뭐어?"

진혁이 놀란 표정으로 소리쳤다.

"오빠야, 나도 이제 13살이야."

소희는 그렇게 말하고는 능글능글하게 웃었다.

'얘도 이제 사춘기에 접어들었군.'

진혁은 소희의 얼굴을 보면서 생각했다.

보통 14살 정도 되면 사춘기에 접어든다.

하지만 요즘 애들은 더욱 그 시기가 빨라지고 있다고 들었다.

게다가 소희는 여자가 아닌가.

보통 남자애들보다 여자애들이 사춘기에 더 빨리 접어든다고 했다.

"그래서 좋아하는 녀석이 있다고?"

진혁이 캐묻듯이 말했다.

"꼭 좋아하는 누군가 있는 건 아니고. 흐흐흐."

소희는 말을 흘리면서 웃었다.

"그러면?"

"우리 연습실에 킹왕짱 잘생긴 남자애들이 얼마나 많은 줄 알아?"

소희가 엄지손가락을 치켜들면서 말했다.

진혁은 그 모습을 보자 자신도 모르게 한숨을 쉬었다.

소희가 다니는 곳이 SN프로덕션이 아니던가.

지금 대한민국 가요계를 접수하는 아이돌들이 쏟아지는.

바로 그 곳이었다.

진혁이 염려스러워했던 부분이기도 했다.

"오빠, 또 그 표정이다."

소희가 진혁의 속마음을 알아챈 듯이 말했다.

"내가 어때서?"

"지금 오빠 표정은 말이야, 날 SN에 집어넣은 것을 아주 후회하는 표정이야."

"들켰네."

진혁이 인정했다.

"음, 그리고 오빠는 할 수만 있다면 날 거기서 데리고 나오고 싶어 해."

소희가 말하면서 진혁을 째려보았다.

진혁은 알고 있다.

지금 소희는 사전에 자신의 의도를 차단하고 있다는 것을 말이다.

진혁이 체리나 그룹을 구하는 과정에서 연예계에 만연된 비리를 직접 목격하지 않았던가.

그것을 직접 보고 들었으니, 동생 소희를 아이돌 연습후보생으로 남겨놓고 싶지 않았다.

구실만 만들어지면 소희를 연예계에서 빼고 싶었다.

영악한 소희가 그것을 알아챈 것이다.

아마 진작부터 진혁이 벼르고 있다는 것을 알고 있었을

게다.

진혁으로서는 한시라도 빨리 소희를 연예계에서 빨리
빼내고 싶었다.

데뷔라도 한다면 큰일이기 때문이었다.

"SN 안 나올래?"

진혁은 솔직하게 시인했다.

"싫은데. 난 이곳이 좋단 말이야."

소희는 진혁의 예상대로 딱 잘라 거절했다.

"왜 좋은데?"

진혁은 진지하게 물었다.

"춤추고 노래하는 게 좋아."

"그런 거라면 어디에서든지 할 수 있잖니?"

진혁이 말했다.

"그렇긴 한데. SN 만한 곳이 없어. 그곳에 있는 언니,
오빠들은 열정이 가득해. 그리고 실력도 다른 곳에 비할
수 없을 만큼 뛰어나."

소희가 말했다.

진혁은 자신도 모르게 고개를 끄덕였다.

소희의 말은 맞다.

체리나 그룹이 있던 박민프로덕션은 SN프로덕션에 비
할 바가 못 되었다.

진혁도 한동안 조사했기 때문에 알고 있었다.

중앙연예기획사를 차리면서 꼼꼼하게 조사했다.

SN프로덕션만큼 규모나 시설에서 뒤지지 않도록 노력했다.

하지만 돈으로 살 수 없는 게 있었다.

바로 인재였다.

열정 가득한 인재.

그것은 한순간에 이루어지는 노력이 아니었다.

SN프로덕션에는 미래를 향해 꿈꾸고 자신의 전부를 던진 아이들로 가득 차 있었다.

그리고 그런 아이들을 방송에 데뷔시키려고 열정을 불태우는 스승들이 있었다.

단지 돈으로만 살 수 있는 것은 아니었다.

중앙연예기획사가 그 바닥에 자리를 잡으려면 시간이 다소 필요하기는 했다.

물론 돈으로 안 될 것은 없다.

하지만 그 돈도 어느 정도 시간이 필요한 것이었다.

"그래도 오빠가 하는 기획사에 들어와야 하는 거 아냐?"

진혁은 방향을 바꾸어 소희에게 질문했다.

아무래도 소희가 연예계의 데뷔를 포기할 것 같지는 않다.

그렇다고 자발적으로 SN프로덕션에서 나올 것 같지도 않고 말이다.

그렇다면 가족이라는 인정에 호소할 수 밖에.

"음."

소희가 순간 신음소리를 냈다.

'먹혔군.'

진혁은 내심 쾌재를 불렀다.

"어떻게 하지… 오빠?"

소희는 진심으로 속상한 듯한 표정으로 말했다.

"뭐가? 오빠가 하는 기획사에 들어와야지. 네가 좋아하는 체리나 언니들도 있는데."

"참, 오빠는 이안나 언니 어떻게 할 건데?"

소희가 슬쩍 말꼬리를 돌렸다.

영악했다.

순간 진혁은 소희의 반격에 머뭇거렸다.

이안나에 대해서는 딱히 생각을 해본 적이 없었다.

파티가 있던 날, 마주쳤던 그 당시에는 멋진 여자라고 생각을 했다.

하지만 그때, 딱 그뿐이었다.

"내가 왜 어떻게 해야 하지?"

진혁이 차분한 어조로 말했다.

"뽀뽀했잖아."

소희가 맹랑한 어조로 말했다.

'이궁, 지혜가 하는 걸 봤다면 당장 식 올리라고 하겠다.'

진혁은 내심 소희가 지혜가 자신에게 입술에 뽀뽀하는 것을 보지 못한 것을 감사했다.

"뭐 뽀뽀하면 다 어떻게 해야 하니?"

진혁이 웃으면서 말했다.

"나도 어린애는 아니거든."

"알면 됐다."

"그래도 언니가 오빠를 좋아하는 눈치던데."

"그래."

진혁은 시큰둥하게 말했다.

"그런데 언니가 오빠에게 뭔가 당당하지 못한 구석이 있나봐. 그래서…."

소희가 고개를 갸웃거리면서 말했다.

진혁은 신여인이 떠올랐다.

이안나로서는 신여인에게 휘둘렸던 일을 진혁이 전부 알고 있는 것이 여자로서 수치로 느낄 수도 있을 게다.

하지만 그것을 떠나서 진혁은 이안나에게 마음이 없었다.

단지 그것뿐이었다.

"오빠는 아예 관심이 없구나."

소희가 투덜거리듯이 말했다.

"너는 말꼬리를 엉뚱한데 돌리지 말고 생각 좀 해봐. 명색이 오빠가 하는 기획사를 내버려 두고 다른 곳에 다니는 것도 문제 아니야?"

진혁이 회심의 반격을 가했다.

"어…. 으응."

소희가 당황한 표정을 지었다.

"일단 생각 좀 해봐. 당장 어떻게 하라는 건 아니고, 그만 밥 먹으러 나가자."

진혁은 자상한 미소를 띠면서 소희의 머리를 쓰다듬어 주면서 일어섰다.

동생 소희의 문제는 조만간 풀릴 것이다.

진혁은 식당 쪽으로 향하면서 생각했다.

모든 일을 순리대로 하나씩 풀어 나가자.

직시하고.

그것을 회피하려고 들지 말자.

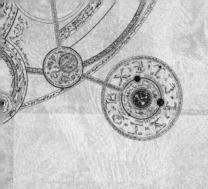

Return of the Meister

NEO MODERN FANTASY STORY

2. 기린그룹의 이야기

2. 기린그룹의 이야기

나이 지긋한 두 사내가 중구 정동에 있는 덕수궁 돌담길을 거닐고 있었다.

1907년 고종이 순종에게 양위한 뒤 이곳에 살았던 곳이었다.

두 사내는 묵묵하게 아무런 말도 하지 않고 걷기만 했다.

한 사내가 다른 사내보다 한걸음쯤 앞서 걸으면서 무언가 골똘히 생각하는 눈치였다.

바로 뒤 따라 가는 사내는 앞서 가는 사내의 눈치를 보는듯했다.

대략 두 사람의 나이는 50대 후반, 60대 초반으로 보였다.

게다가 두 사람 다 양복을 입고 있었는데 상당히 기품이 서렸다.

특히, 앞서 걷던 사내에게서는 남다른 카리스마까지 느껴졌다.

아무래도 평범한 인물은 아닌 듯 싶었다.

우뚝.

앞서 걷던 사내가 돌담길을 돌아 덕수궁 대한문 앞에 섰다.

그는 회한에 잔뜩 사로잡힌 표정을 지으면서 대한문 안쪽을 쳐다보는 눈치였다.

"회장님, 들어가시겠습니까?"

뒤따라오던 사내가 앞서 걷던 사내에게 회장이란 호칭을 썼다.

그렇다.

앞서 걷던 사내는 기린그룹의 회장 이선홍이었다.

1980년대 한국의 아이아코카 회장이라고 불리우던 바로 그 이선홍이었다.

그를 뒤따라오던 이는 회장 비서실장이었던 자이다.

비서실장인 사내는 회장 이선홍의 모습을 묵묵하게 지켜보았다.

경영에서 물러났다고는 하지만 여전히 이선홍의 풍채에서는 압도적인 카리스마가 느껴져 왔다.

총자산 10조원에 이르는 기린자동차를 일궈낸 사내.

말단 사원에서 시작하여 재계 서열 10위안에 드는 그룹
으로 기린그룹을 우뚝 세운 사내였다.

1958년 기린산업에 말단으로 입사하여 현장에서 잔뼈
가 굵었던 그였다.

1969년 이사 자리를 시작으로 12년 만인 1987년 기아자
동차 최고경영자 자리에 올랐다.

기린은 처음에 자전거를 생산하는 업체에서 시작하여

리어카, 삼륜차를 거쳐 승합차로 승승장구했다.

한마디로 기린자동차의 역사는 바로 이선홍 회장의 역
사나 마찬가지었다.

그런 기린그룹이 IMF 사태를 맞아 공중분해 직전에 놓
여져 있었다.

그야말로 풍전등화였다.

이선홍 회장은 그 책임을 지고 최고 경영자 자리에서 물
러났다. 그뿐이 아니었다.

그는 곧 있을 청문회에도 참석해야 했다.

여러 가지로 사방에서 그를 조여오고 있었다.

하지만 그는 침착했다.

자신이 세운 모든 역사가 허물어지고, 모든 것이 물거품
이 된 것을 아쉬워하지는 않았다.

모든 것은 언제든 무너져 내릴 수 있다.

그리고 그 자신이나 기린그룹의 경영이 문제였다면 언제든 최고경영자 자리도 내놓을 수 있다.

하지만 지금은 모든 게 어이없고 억울한 상황이었다.

아니, 자신의 억울함 보다는 기린그룹의 가족들, 사원들 걱정에 온통 가슴이 답답해졌다.

"고종께서도 이러셨을까?"

이선홍은 대한문을 보면서 나지막하게 중얼거렸다.

"……"

비서실장은 아무런 대답도 하지 않았다.

이선홍이 그에게 물어본 말이 아니다.

그저 그의 심정을 담담하게 중얼거린 것이라는 것쯤은 알 수 있었다.

과거 일본에 의해서 강제로 을사조약을 맺게된 고종은 1905년 11월 24일 미국에 체재 중인 황실고문 헐버트에게 을사조약은 무효라는 것을 외국에 알리라고 전했다.

그리고 1906년 1월 13일 영국의 런던타임즈가 이를 상세히 보도하는 등 여러 방법으로 을사조약이 잘못된 조약임을 알리려고 했다.

그러나 이 모든 것이 제대로 되지 않자 1907년 7월 네덜란드의 헤이그에서 만국평화회의가 열리는 곳에 이준, 이위종, 이상설 3명을 위 회의에 몰래 파견하였다.

하지만 세계 여러 나라가 서로 기피하는 바람에 회의에

참석도 못하고 이위종만 기자들 앞에서 조선의 입장을 발표하는 것으로 끝을 맺었다.

이를 핑계로 일본은 통감인 이토히로부미가 7월 3일 고종을 위협하고, 총리대신 이완용을 불러 고종을 양위하도록 시켰다.

이완용은 일본군을 앞세워 강제로 고종에게 양위를 시켰다.

양위시키는 과정도 참으로 암담하기 짝이 없었다.

즉위날 양위자인 고종이나 즉위자인 황태자도 그 자리에 없었다.

환관 둘이서 용상에 앉아 그 대역을 했다.

얼마나 분하고 어이없는 치욕이던가.

물론 이선홍이 회장 자리에 물러나는 것을 치욕으로 여기는 것은 아니었다.

기린그룹만 계속 존재할 수 있다면.

회사의 주인인 직원들이나, 기린그룹의 주식을 소유하고 있는 평범한 대한민국의 국민들이 보상을 받을 수만 있다면 이토록 가슴 아프지는 않을 것이다.

'고종폐하께서도 얼마나 한이 되셨을까.'

이선홍의 눈가에는 눈물마저 맺혔다.

어이없게 일본에게 강제로 을사조약을 당하고 나라를 뺏겼으니 말이었다.

그 부당함을 알리려고 했으나, 이미 힘없는 나라요.

신하 들 조차 사방이 일본 앞잡이들이었으니…….

고종의 한 맺힌 절규가 이선홍의 가슴에 스며들어오는 것만 같았다.

'고종께서도 버티셨는데…'

이선홍은 덕수궁을 차마 들어가지 못했다.

고종은 1919년 공식적으로 병으로, 비공시적으로 일본에 의해서 독살로 돌아가실 때까지 이곳 덕수궁에서 거하셨다.

나라를 잃고 약 10년간 동안 말이었다.

이선홍은 대한문 앞에 한동안 서성거렸다.

그 뒤를 비서실장이 조용히 서있었다.

❖

강남역에서 10여분 떨어진 곳에 위치한 대박고기집 식당.

바로 진혁의 외가댁과 어머니 장혜자가 운영하고 있는 식당.

그곳엔 11시가 되자마자 500원짜리 고기국밥을 먹기 위해서 문 앞에 장사진을 이뤘다.

11시부터 4시까지 제공되는 고기국밥은 만 원 이상 받아도 아깝지 않을 만큼 질 좋은 고기들이 듬뿍 얹어서 뜨거운 국밥으로 제공되었다.

"어머니, 이제는 차가운 요리법도 개발해야겠습니다."

진혁이 계산대 앞에 앉아있는 장혜자에게 속삭였다.

"정말 그렇구나. 내가 왜 그 생각을 미처 못 했지. 날도 더워지고 있는데……."

장혜자가 진혁의 말에 맞장구를 치면서 고개를 끄덕였다.

"돈 걱정은 마시고 만들어보십시오."

진혁이 길게 늘어선 줄을 보면서 말했다.

대박고기집 식당은 다른 식당에 비해서 상당히 넓은 편이었다.

건물 1층을 다 쓰고 있으니 말이었다.

하지만 강남권뿐 아니라 이 곳 소식을 듣고 서울에 있는 사람들은 거의 다 원정 오는 것 같을 정도로 사람들이 미어터졌다.

진혁은 어머니나 기존에 근무하던 직원들이 힘들지 않도록 이 시간에는 알바생을 더욱 많이 고용했다.

하지만 장소의 한계가 여전히 존재했다.

국밥을 먹으러 오는 사람들 수가 너무도 많았기 때문이었다.

그나마 감사한 것은 어느 순간부터인지 사람들이 알아서 4줄로 줄을 서기 시작했다.

일행이든 아니든, 모두가 4줄로 나란히 줄을 서서 한 테이블에 4명씩 딱딱 앉아 주었다.

그 덕분에 처음보다는 훨씬 식당 앞이 질서정연해졌다.

진혁은 그것이 이곳에 자주 오는 직장인들 덕분이라는 것을 알고 있었다.

그중 이곳에 본사가 있는 기린그룹의 직원들이 나서서 줄 서는데 도움을 주고 있었다.

"2층에 입점하고 있는 사무실 사람들을 내보낼 수도 없고."

어머니 장혜자는 한숨을 쉬었다.

길게 줄 선 사람들을 보면 안타깝기 그지없었다.

하지만 2층에 입주한 사무실 사람들도 IMF로 어려운 한 때가 아닌가.

"아예 건물 하나 지을까요?"

진혁이 말했다.

"그, 그래도 되니? 매달 늘어나는 직원들 월급도 문제고…… 고기값도 만만치 않은데."

그렇게 말하는 장혜자의 얼굴엔 환한 빛이 돌았다.

그녀는 아들 진혁을 믿고 있었다.

"이 건물 옆에 공터 있잖습니까. 내일부터 공사 들어 갈 겁니다."

진혁이 빙그레 웃으면서 말했다.

"어머, 이런 우리 아들이 어느새 능구렁이 다 됐네?"

장혜자는 환하게 웃으면서 말했다.

"어머니, 깜짝 놀라게 해드리고 싶어서 그랬습니다."

진혁은 어머니 장혜자가 무척 좋아하자 자신도 기분이 좋았다.

안 그래도 점심시간에 제때 식사를 못하고 돌아가야 하는 직장인들이 간혹 생겨서 자신도 신경이 쓰였었기 때문이었다.

물론 백군상에게 쓸데없이 돈 쓴다는 구박은 받기는 했지만 그는 과감하게 이곳에 건물을 하나 더 짓기로 했다.

"근데 아들아, 너 돈 많은 거 맞니?"

장혜자가 살짝 걱정스럽다는 듯이 물었다.

"하하하."

진혁은 자신도 모르게 웃음이 나왔다.

아무래도 가족들에게 자신의 수입이 얼마나 되는지 얘기하지 않기 때문에 이런 걱정을 끼치는 것 같아 미안한 마음도 들었다.

더구나 동생 진명이는 네이비 개발 및 확장 투자에 정신 없는 나날을 보내고 있어서 더욱 진혁의 상황을 어머니 장혜자는 모르고 있었다.

그전에는 가끔 진명이를 통해서 회사가 어떻게 돌아가는지 소식을 전해 듣고는 했었는데 말이었다.

더구나 어머니 장혜자가 '네이비' 나 '랙슨' 이런 회사를 알리는 없었다.

지금 한창 젊은이들이나 직장인들 사이에서는 각광을 받고 있었지만 아무래도 나이 드신 분들에게는 다소 생소한 회사들이었기 때문이었다.

현재 진혁이 소유한 네이비나 랙슨사의 주식 가치는 몇 천억원, 그것도 장래는 몇 조원 아니 몇 십조의 가치까지 추정받고 있었다.

더구나 랙슨사 및 벤처회사 같은 주식들은 중앙그룹의 회장으로서 갖은 소유가 아니다.

그전에 진혁 자신의 개인 돈으로 사들인 주식이었기 때문에 온전하게 모든 것이 진혁의 돈이나 다름없었다.

거기에 네이비는 가치는 현재 뿐 아니라 미래가치 까지 추정할 만큼 엄청났다.

물론 랙슨사 역시 마찬가지였지만 말이다.

물론 백군상이 무지하게 배 아파한 것은 당연했다.

그도 진혁을 따라서 주식을 조금 사기는 했지만 주로 중구나 종로구 쪽의 건물 매입에 주력했기 때문이었다.

그것만 해도 엄청난 수익을, 당분간은 아니더라도 앞으로 큰 가치를 창출할 것은 틀림없었다.

하지만 그렇다고 해도 진혁 정도로 수천억원의 가치가 창출되지는 않는다.

'한동안 투덜거리셨지.'

진혁은 백군상의 얼굴이 떠오르자 속으로 중얼거리면서

웃었다.

웅성웅성.

그때, 식당 앞이 분산해졌다.

'뭐지?'

진혁은 의아한 표정을 지으면서 식당 바깥쪽을 살폈다.

"무슨 일이 있나 보다."

장혜자도 궁금한 표정을 지었다.

진혁은 슬쩍 식당 앞으로 나가보았다.

다행히 진혁을 알아보는 사람은 없었다.

중앙그룹 회장이라는 직함이 비공식이었기 때문이었다.

게다가 특별한 일이 없으면 대박고기식당도 올 일이 없기 때문에 그가 장혜자의 아들이라고 아는 사람도 없었다.

진혁은 어슬렁거리면서 소란의 당사자를 보았다.

50대 후반에서 60대 초반쯤 되어 보이는 두 사내가 맨 뒤에 줄을 서고 있었다.

하지만 이 두 사람을 알아본 주변 직장인들이 자신의 자리를 양보하고 있었다.

하지만 두 사람은 한사코 거부하고 있었다.

"오는 대로 줄 서는 거 같네."

한 사내가 앞줄에 서있는 젊은 직장인에게 그렇게 말을 건네고 있었다.

"하지만 회장님…."

젊은 직장인은 말을 잇지 못하고 있었다.

그의 얼굴은 거의 울기 직전이었다.

"자네들과 똑같이 대우를 받고 싶네."

그는 젊은 직장인에게 그렇게 말하면서 그의 어깨를 토닥여주었다.

진혁은 그가 누군지 단번에 알아차렸다.

그동안 대한민국의 정. 재계 인물에 대해서 수도 없이 분석을 했기 때문이었다.

웬만한 CEO들의 얼굴은 전부 진혁의 머릿속에 있었다.

진혁이 귀환으로 얻은 정보 때문에 지금까지 모든 투자가 성공한 것은 아니었다.

바로 이런 부단한 노력이 함께 했기 때문에 가능했다.

'기린그룹 이선홍 회장.'

진혁은 왜 젊은 직장인의 얼굴이 울상이었는지.

그리고 주변이 왜 소란한지 이해가 되었다.

대박고기집 식당의 위치상 기린그룹의 직원들이 거의라고 해도 될 만큼 점심시간에 이곳을 찾는다.

얼마 전 해임된 이선홍 회장이 이곳에 나타났으니 이들이 감격해하는 것은 당연했다.

물론 속상함도 함께 느껴졌다.

"자네들이 잘 있나 보고 싶었네."

이선홍 회장은 자애로운 눈길로 주변에 서있는 기린그

룹의 이름표를 목에 걸고 있는 자들에게 말했다.

"회, 회장님…."

훌쩍.

누군가 한 사람이 울음을 터트린다.

그 울음소리가 도화선이 되어 나머지 사람들에게 전이되고 있었다.

사내대장부가.

그것도 20대 후반 보다 30대, 40대가 더 많은데.

나이를 불문하고 사람들의 눈가에 눈물이 맺혀 있었다.

심지어 목 놓아 우는 자들도 있었다.

지금 기린그룹이 처한 상황 때문이리라.

"자자, 밥 먹으러 왔다가 오히려 미안하네."

이선홍 회장이 미안한 표정을 지었다.

"아, 아닙니다."

누군가 눈물을 훔치면서 황급히 대답을 했다.

"너무 걱정들 말게. 내 힘이 다하는 동안 반드시 기린그룹을 되찾겠네."

이선홍 회장은 힘 있게 말했다.

짝짝짝.

누군가의 박수소리.

연이어 우람한 함성과 박수소리가 터져 나왔다.

와.

짝짝짝.

"식사들 하시게."

이선홍 회장은 오히려 손을 내저으면서 사람들을 말렸다.

이곳은 기린그룹의 직원들 뿐 아니라 다른 사람들도 있는 자리니깐 말이었다.

다른 이들에게 불편을 끼치고 싶은 마음은 없었다.

"맛있게들 들게."

이선홍 회장은 그렇게 말하고는 다시 한 번 주변을 살피고는 이어 말했다.

"괜찮다면 잠시 안에 들어갔다 나오겠네."

이선홍 회장의 말에 모두가 길을 터주었다.

기린그룹의 직원이 아닌 사람도 마찬가지였다.

솔직히 어느 회장이, 비록 전직이라고 해도 말이었다.

직원들이 끼니를 잘 챙기는지 직접 보러오겠는가.

모두가 이 순간은 이선홍 회장을 우러러 보고 있었다.

이선홍 회장은 길을 비켜준 사람들에게 허리를 숙여 인사를 했다.

그 모습은 진혁이 봐도 인정할 수 밖에 없었다.

'권위의식이 없는 분이군.'

진혁은 이선홍 회장이 좋아질 것 같았다.

그는 이선홍 회장의 모습을 계속해서 지켜보았다.

이선홍 회장은 대박고기집 식당 안을 조심스럽게 들어

왔다.

그리고는 계산대에 앉아있는 장혜자에게 말을 걸었다.

"제 직원들이 이곳에서 큰 은혜를 입는다 해서 잠시 들 렀습니다."

이선홍 회장은 조심스러운 목소리로 나지막하게 말했다.

장혜자는 눈앞의 사람이 정확하게 누구인지는 모른다. 하지만 바깥 사정을 보아서 필시 대단한 사람인 줄을 눈치 채고 있었다.

"이렇게 사람들의 점심을 챙겨주셔서 감사합니다. 큰 도 움은 못되지만 제 성의는 받아주십시오."

이선홍 회장은 품안에서 봉투 하나를 꺼내들었다.

장혜자는 엉겁결에 봉투를 받아들었다.

그녀는 난처한 표정으로 바깥에 서있는 아들 진혁을 쳐 다보았다.

진혁은 어머니 장혜자에게 고개를 끄덕였다.

그 제서야 장혜자는 얼굴에 미소를 띠면서 말했다.

"감사합니다. 식사하고 가세요."

"아닙니다. 원래 줄을 서야 하는데, 제가 있는 것이 오히 려 민폐를 끼칠 것 같아서 이렇게 잠시 사장님의 시간만 뺏 고 갑니다."

"아, 언제든 오세요. 꼭 식사대접 하고 싶어요."

장혜자는 이선홍 회장이 준 봉투를 꼭 쥐고는 말했다.

"그렇겠습니다. 염치없지만 앞으로도 잘 부탁합니다."

이선홍 회장은 장혜자에게 45도 각도로 허리를 숙였다.

"어머…"

장혜자는 이선홍 회장의 행동에 어쩔 줄을 몰랐다.

'흠, 정말 멋진 분 같은데.'

진혁은 기린그룹의 전 회장인 이선홍의 태도에 다시 한 번 놀랐다.

그리고는 잠시 생각에 잠겼다.

그 사이 이선홍 회장은 비서실장과 함께 빠른 걸음으로 그곳을 빠져 나갔다.

식사하러 온 사람들이 불편해 할까봐서 말이었다.

진혁은 이선홍 회장의 뒷모습을 시야에서 사라질 동안 쳐다보았다.

물론 그런 사람이 진혁뿐이 아니었다.

식당 앞에 줄을 서던 사람들 대부분이 이선홍 회장의 뒷모습을 뚫어지게 쳐다보고 있었다.

모두가 감격어린 표정이었다.

한동안의 정적만이 그 자리에 서려 있었다.

진혁은 부산 사직구장으로 향하는 전용버스에 서울고 야구부원들과 함께 올라탔다.

진혁의 기부로 서울고 야구부만의 전용버스가 생긴 것

이었다.

"야아, 이 버스 왜 이렇게 좋노."

서인석 감독은 연신 싱글벙글이었다.

그럴 수밖에.

진혁의 통 큰 기부 덕에 야구부 전용버스뿐 아니라 부
산에 도착해서도 야구부 전체가 특급 호텔에 묵기 때문이
었다.

게다가 어디 그것뿐인가.

선수들의 기량이 하루가 다르게 올라가고 있었다.

진혁이 각 선수들의 몸에 맞는 훈련법을 고안해서 알려
주는 것뿐만 아니라 선수나 감독조차 몰랐던 선수 개개인
의 잠재능력까지 이끌어 주고 있었다.

선수들도 하루가 다르게 변화하는 자신들의 몸에 신나
서 그런지 그 어느 때 보다 열심히 훈련에 임하고 있었다.

물론 진혁이 몰래 이들에게 힐링마법을 시현해서 야구
부원들의 몸을 살펴봐주는 것은 전혀 모르고 있었다.

'저런 보배가 어디서 났을까?'

서인석 감독으로서는 진혁이 서울고에 입학한 것을 천
운으로 생각했다.

어쨌거나 진혁의 이런 정성과 열정 덕분에 이제는 야구
부원들만으로도 최소 8강까지는 수월하게 올라갈 수 있다
는 자신감이 붙었다.

물론 아직도 결정적일 때 진혁이 없으면 감독 입장에서는 불안한 것은 있다.

하지만 진혁이 누차 언제든 자신은 결승전이라도 참가하지 못할 경우가 생긴다고 언급하지 않았던가.

'그래, 저 노마가 저렇게 신경써주는데 언제 까지 의존만 할 수 없지.'

서인석 감독은 버스 의자에 가만히 기대어 벌써 잠들어 버린 진혁의 모습을 힐끔 쳐다보고는 생각했다.

진혁 없이도 지금 데리고 있는 선수들만으로 반드시 우승기까지 쟁취할 수 있도록 결의를 다졌다.

❖

"자냐?"

진혁은 목소리가 나는 쪽으로 고개를 돌렸다.

4번 타자 겸 투수인 이동명이었다.

"아닙니다, 선배님."

진혁은 눈을 번쩍 뜨고는 이동명을 향해서 깍듯이 대답했다.

"이따 로비에서 얘기 좀 하자."

이동명은 무언가 할 말이 있어 보였다.

하지만 다른 이들이 들어서는 안 될 이야기인 것처럼 목소리를 잔뜩 낮추었다.

"알겠습니다."

진혁은 대답을 하면서도 그런 이동명이 의아해 보였다.

'무슨 할 얘기가 있지?'

진혁은 이동명이 할 얘기란 게 무엇일까 궁금했다.

혹시 동체시공 때문에 그런 걸까?

조성완이나 봉중근 등이 장족 한 발전을 했다면 정작 서울고의 4번 타자이자 투수인 이동명은 아직 크나큰 변화는 없었다.

그럴 수밖에 없는 것이 다른 선수들은 자신들의 능력이 많이 묻혀있던 상태였기 때문이었다.

진혁은 그것을 이끌어 내준 것 뿐 이고.

이동명의 경우는 이미 올바른 자세라든지, 자신의 힘을 적절하게 사용하는 능력이 거의 완성되어있던 선수였다.

그랬기 때문에 4번 타자와 투수를 도맡아 할 수 있었던 셈이었다.

'뭐지?'

진혁의 의문은 그날 밤 해운대에 있는 특급호텔인 부산호텔에서 쉽게 풀렸다.

그는 이동명과 로비에서 단 둘이 만나 함께 해운대 해변를 거닐었다.

남자 둘이 한 밤에 해운대 해변을 걷는다는 게 어색했는지 두 사람은 한참 말이 없었다.

5월의 해운대 해변은 주말이 아닌 평일임에도 사람들, 특히 연인들이 다수 보였다.

"무슨 일 있으십니까?"

진혁이 어색한 침묵을 깨고자 먼저 말을 걸었다.

"아, 그게. 흐흠."

이동명은 진혁을 힐끔 쳐다보면서 헛기침을 했다.

"야구에 관련된 일이십니까?"

"그건 꼭 용건은 아니고…."

이동명이 싱긋 웃었다.

그리고는 말을 이어나갔다.

"너 네 어머니와 외가댁이 대박 고기 집 식당 한다면서?"

"특별히 비밀은 아니지만…."

진혁은 어색하게 말 했다.

"뭐 야구부원들 고기회식을 실컷 시켜달라는 말은 아니다."

이동명이 빙긋 웃었다.

진혁도 그것은 알 수가 있었다.

그역시 그런 것 때문에 그런 것은 아니었다.

어머니와 외할머니가 운영하는 식당인 대박고기집에서 IMF를 맞은 사람들에게 점심을 500원에 제공되는 선행을 아직도 하는 까닭이었다.

이미 TV에서도 대대적으로 보도가 되었다.

아무래도 많은 사람들의 입소문을 타다 보니 어쩔 수가 없던 일이었다.

진혁도 그 때는 미처 거기까지 생각지 못한 일이었다.

그는 될 수 있으면 자신이나 가족들이 언론에 노출되는 것을 지극히 꺼려하고 있었다.

아버지 최한필 교수의 일 때문이었다.

동생 소희가 연예인이 되는 것을 내심 반대했던 일도 그런 이유였다.

진혁은 본능적으로 자신과 가족에게 적이 있다는 것을 알고 있었다.

언론에 노출된다는 것은 바로 그 적에게 자신과 가족들의 정보를 대놓고 던져주는 것과 같았다.

아니, 뭐 그들이 알고자 한다면 뭐든지 다 알아낼 만큼 대단한 적들이니만큼 언론에 노출된다고 해서 정보를 더 캔다 만다는 없을 지도 모른다.

하지만 진혁은 모든 일에 극도로 조심하는 것만이 현재 그가 할 수 있는 최선이라고 생각했다.

"우연하게 감독님과 코치님이 하시는 말씀 들었다. 다른 야구부원들이 알지는 못할 거야."

이동명은 진혁의 고민을 마치 다 이해한다는 눈빛으로

말했다.

물론 그가 진혁이 생각하는 그런 것까지 다 아는 것은 아니다.

하지만 보통의 학생들 중에서도 가족들이 하는 일이 친구들에게 알려지는 것을 싫어하는 애들도 꽤 되기 때문이었다.

"식당에 관심이 있으신 건가요?"

진혁은 이동명의 대화 포인트가 이상하다고 생각했다.

그래서 은근슬쩍 한번 그를 찔러보기로 했다.

"그건 아니고. 하하하하!"

이동명은 머쓱한지 큰소리로 웃었다.

새까맣게 탄 얼굴에 비해서 드러난 이가 눈부시게 새하얀 이동명이었다.

"나 아는 분들이 너 네 어머니 덕분에 점심을 잘 먹고 있다."

그의 말투엔 진심으로 고마움이 배어 있었다.

"아."

진혁은 이동명의 말에 어떻게 대답해야 할지 애매모호한 기분이 들었다.

하지만 그런 걱정은 금방 사라졌다.

이동명이 시종일관 솔직한 태도를 보여주었기 때문이었다.

"기린자동차에 다니시는 분들. 뭐 곧 현세자동차로 넘

어갈 것 같지만."

진혁은 이동명의 말에 고개를 끄덕였다.

기린그룹이 자금난으로 IMF구제금융사건을 맞아 28개 계열사가 부도를 내면서, 모체인 기린자동차등 6개의 계열사만 남았다.

하지만 그간 기린자동차의 화의 신청 등, 지난달인 98년 4월 본격적인 회사 정리 절차를 끝냈다.

그리고 진혁이 아는 귀환 전 대한민국이라면 청룡기 야구시즌이 끝나는 5월 중하순 경에 현세자동차가 우선 협상 대상자로 선정되어 매매 계약을 체결해 인수협약을 맺어 우선 협상대상자가 될 것이다.

그 후 9월경에 현세자동차는 기린자동차 인수 우선 대상 협상자를 매각 공매로 국제 선정 입찰에서 낙찰해 자금난을 체결해 선정하였다.

더구나 이 와중에 기린그룹의 이선홍 회장은 '기린 사태'에 대한 책임으로 퇴임과 함께 고소를 당해 징역 7년을 선고받았다.

그 이후 현세그룹에서 현세자동차에 기린자동차를 편입시켰고 2000년 2월경에 대한민국에서 최단 기간에 법정관리를 마무리 지었다.

기린그룹의 모든 계열사들이 청산, 합병, 법정관리 화의 신청 등 역사 속으로 사라졌다.

지금 역시 이변이 없는 한 기린자동차는 과거와 마찬가지로 현세자동차에 흡수될 것이다.

참 안타까운 게 기린그룹은 여타 현세그룹등과는 달리 주식이 어느 개인이나 기업에 집중되어 있지 않아 국민 그룹으로 인식되고 있었다.

그런 만큼 기린 살리기 운동이 범국민적으로 펼쳐지기도 했다.

진혁 역시 국민의 기업인 기린그룹이 IMF라는 직격탄에 역사 속으로 사라진 것이 내심 아쉬웠다.

하지만 그의 재력으로도 현세그룹에 맞서 기린자동차를 인수하기에는 사실상 역부족이었다.

자금력뿐만 아니다.

아직까지 진혁은 정.재계 쪽으로 그다지 아는 연고도 없기 때문이었다.

진혁은 그 부분이 뼈아프게 느껴졌다.

현재까지는 오로지 회사를 일으키고 그룹의 안정화를 기하고 있는 것에만 몰두했다.

하지만 중앙그룹이 나날이 확장하고 있는 지금은 정.재계의 인사들과 교류의 필요성도 점점 느끼고 있었기 때문이었다.

"사실 이건 내 추측이다."

이동명은 조심스럽게 말했다.

"너에 관해서 생각 좀 해봤다."

"저에 관해서요?"

"네 녀석이 사업을 하는 것도 알고 있다. 그거야 공공연하게 누구나 아는 비밀이지만 말이다."

"……."

진혁은 이동명의 말에 아무런 대답도 하지 않고 묵묵히 그의 말을 경청했다.

"내 생각엔 대박고기식당에서 점심시간에 500원짜리 국밥을 제공하는 것도 네 녀석의 아이디어가 아니었을까 하는 생각을 해봤다."

"……?"

진혁은 이동명의 얼굴을 놀란 듯이 쳐다보았다.

"뭘 그렇게 쳐다봐?"

이동명은 쑥스러운 듯이 말했다.

"아닙니다. 절 너무 띄워주신 듯 해서."

"솔직히 네 놈이 야구부원들의 숨은 능력을 이끌어 내주는 것을 보고서 난 확신했다."

"……."

진혁은 이동명의 말에 왠지 아니라고 부정을 할 수가 없었다.

물론 이동명은 자신이 국밥에 쏟아 붓는 돈까지 다 되는 줄 모르는 듯 싶다.

어쨌거나 그는 진혁을 꿰뚫어보고 있었다.

"한 번쯤 너에게 고맙다는 인사를 제대로 하고 싶었다."

이동명이 진혁의 얼굴을 똑바로 보면서 말했다.

진혁은 자신도 모르게 미소가 절로 나왔다.

남자 얼굴을 보면서 웃는다는 게 다소 어색할지라도 말이었다.

이동명의 진심이 느껴졌기 때문이었다.

진혁은 자신도 모르게 이동명에게 물었다.

"선배 아버지께서는 지금 뭐하시는지 여쭤 봐도 되겠습니까?"

진혁의 질문에 이동명이 잠시 멈칫거렸다.

하지만 그는 이내 입을 열었다.

"청문회를 준비 중이시다."

"……네?"

진혁은 자신도 모르게 눈을 동그랗게 뜨고 이동명의 얼굴을 쳐다보았다.

❖

'이선홍 회장이라.'

진혁은 이동명이 재벌가의 자식이었다는 것조차 놀랍기는 했다.

하지만 그보다 존경스러웠던 것은 바로 자신의 신분을 드러내지 않고 스스로의 힘과 역량을 키워 서울고의 야구부에 스카웃 되었다는 점이었다.

야구부 감독조차 그가 기린그룹이나 혹은 재벌가와 연관 있는 지는 꿈에도 모를 것이었다.

이동명이 그럴 수 있었던 것은 바로 그의 아버지 이선홍 기린그룹 전 회장 때문이었다.

삼송그룹의 말단 사원부터 시작한 그가 기린그룹의 회장이 되기까지 밑바닥에서 부터 철저하게 자신의 힘으로 신화를 일궈냈기 때문이었다.

자신의 자식들도 역시 그러길 바랬고.

형들과는 달리 야구에 소질을 보인 그는 자신이 가장 잘할 수 있는 야구를 시작한 셈이었다.

처음부터 기본적인 장비 외에는 가족의 도움을 받지 않고 야구를 시작했다니.

이동명 자신도 물론이고, 부모 역시 대단한 사람들이라고 진혁은 생각했다.

명문대에 입학시키기 위해서 성적이 안 되는 자식들을 승마 등 각종 기부금등을 미끼로 극성을 부리는 행태를 생각하면 비교가 되는 일이었다.

진혁은 호텔에서 돌아와 이동명과의 대화를 떠올렸다.

흔히들 작년 외환위기를 촉발시킨 것이 기아그룹이라고

세간에 알려져 있다.

진혁 조차 이 부분은 귀환 전에도 그렇게 알고 있었다.

그로 인해서 현재 기아그룹 회장인 이선홍은 회장직에 물러난 것도 모자라 청문회까지 앞두고 있다.

진혁의 기억이 맞다 면 그는 징역살이까지 하게 된다.

하지만 오늘 이선홍 회장의 아들이자 서울고 야구부 4번 타자인 이동명의 말에 의하면 모든 게 전적으로 기아그룹 책임이라고도 할 수가 없었다.

'삼송그룹이⋯⋯.'

진혁은 이마에 깊은 주름이 패었다.

삼송 금융계열사들이 작년 4월에 기아차에 빌려준 대출금을 한꺼번에 거둬들이기 시작했다고 한다.

당시 나라 경제상황이 안 좋은 터라 외국투자가들이 자금회수에 들어간 마당에 기린 사태는 불에 기름을 부은 격이 되었다. 기린의 부도는 충격이 클 수밖에 없었다.

재계 10위안에 들어가 있는 그룹이었기 때문이었다.

물론 억지일 수도 있었다.

진혁은 이 부분에 대해서 다각도로 생각해 보았다.

물론 삼송의 계열사들이 대출금을 회수한 것이 외환위기의 결정적인 원인이라고 말할 수는 없다.

하지만 삼송그룹이 대놓고 기린차 인수에 대한 과욕이 기린 사태에 영향을 끼치고 결국 외환위기를 촉진시키는데 상당한 작용을 했다고 볼 수는 있었다.

'기일이 도래하지 않은 기린 어음을 돌리며 회수작전에 들어갔다. 이에 종금사들도 합류했다?'

진혁은 살짝 고민을 했다.

정황은 뚜렷하게 느껴졌다.

삼송그룹의 오랜 야욕.

바로 자동차 회사 인수였다.

기린자동차 사태는 아마도 그 시발점이 바로 그 욕심에서 시작되었을 게 안 봐도 뻔했다.

그 과정에서 정계 쪽과 손잡고, 금융계를 조종했을 것이다.

그런데 하필 IMF사태까지 덮쳐 왔다.

이것은 삼송그룹에서도 예상 밖이었을 것이다.

아시아의 주요 4룡들이 해외자본에 농락당하는 일이 같이 터져버린 셈이었다.

연달아 도미노.

만약 삼송그룹의 더러운 작업이 없었더라면.

어쩌면 기린그룹은 건재했을 것이다.

그리고 대한민국의 IMF 사태는 어떻게 되었을까?

그건 알 수 없다.

진혁은 전날 대박고기집 식당서 우연하게 맞닥트린 광경을 떠올렸다.

이선홍 회장.

누구보다 더 기린그룹을 아끼고, 그룹의 주인인 직원들을 살갑게 챙기던 사람.

그의 아들 이동명의 말에 의하면 현재 그의 집도 여유가 없다.

전문경영인으로서 받는 월급으로만 생활해 왔기 때문이었다.

남들처럼 무슨 투자를 한다든지, 비자금을 빼돌리다든지 하는 일이 절대 없었다고 한다.

물론 회장이었으니 일반직원들 보다야 몇 배 혹은 열 배 넘는 월급을 받았을 건 당연하다.

하지만 현재 상황이 그다지 좋지 못한 가운데서도 이선홍 회장은 1억이란 액수를 진혁의 어머니 장혜자에게 주었다.

앞으로도 직원들의 점심을 잘 부탁한다는 의미였다.

1억.

현재 여러모로 상황이 좋지 않은 이선홍 회장에게서는 그 돈이 굉장히 큰 돈이라는 것을 진혁은 알 수가 있었다.

그는 그 돈을 장혜자에게 주고도 오히려 미안해했다.

이선홍 회장이 진심으로 그룹의 직원들을 제 가족처럼 챙긴다는 인상을 깊이 받을 수밖에 없었다.

'청문회라.'

진혁의 얼굴은 그 어느 때 보다 진지해져 갔다.

Return of the Meister

NEO MODERN FANTASY STORY

3. 미래를 위해

3. 미래를 위해

Return of the Meister

진혁은 박정원에게 전화를 걸었다.

현재로서 기린그룹의 기린차가 현대차에 넘어가는 것은 어쩔 도리가 없다.

하지만 적어도 이선홍 회장의 구속만은 막을 수 있지 않을까 하는 생각에서 였다.

－박정원 사장님, 사실 확인 하나만 부탁드립니다.

진혁은 수화기 너머 박정원의 목소리에 바로 용건을 꺼냈다.

박정원은 진혁의 목소리가 심상치 않음을 알고 긴장감이 돌았다.

－말씀하십시오.

-기린차를 인수하기 위해서 삼송그룹이 정.관계를 상대로 전방위 로비를 펼친 증거를 잡아낼 수 있습니까?

-어려운 질문을 하십니다.

박정원은 진혁의 말에 다소 난처한 듯 한 목소리로 대답했다.

-무슨 뜻입니까?

-사실 증거를 잡아내자면 어렵지는 않습니다.

-그럼 됐군요.

-문제는 증거를 손에 넣는 것이 어렵습니다.

-그 말씀은?

진혁이 박정원의 의도를 파악코자 질문을 던졌다.

-그 전에 왜 이 일에 관여하십니까?

박정원은 다소 난감한 어투로 진혁에게 되려 질문했다.

진혁은 그런 박정원의 태도로 전체적인 상황을 알 수가 있었다.

그의 태도로 미루어보아 삼송그룹이 기아차에 대한 인수합병의 정.관계 유착 정황 포착은 어렵지 않아보였다.

다만 그 증거가 보관되어있는 곳이 안기부이고 당연히 증거 유출은 어렵기 때문이었다.

-아직 관여한다고 말씀드릴 수는 없습니다. 다만, 흥미가 생겼습니다. 그 이외 뭐라고 말씀드릴 수가 없군요.

진혁은 솔직하게 자신의 생각을 말했다.

다만, 이동명 때문에 그렇다고는 밝힐 수가 없었다.

아직은 모든 게 조심스럽다.

그 자신이 같은 야구부 선배의 아버지인 기린그룹의 이선홍 회장의 구속만은 막아야겠다고 다짐을 했더라도 말이었다.

적어도 한 그룹의 회장으로서 권력을 함부로 남용해서는 안 된다고 애초부터 다짐했기 때문이었다.

-안기부에서 모르는 게 어디 있겠습니까?

박정원은 진혁의 대답을 듣고는 황당한 말로 상황을 대충 얼버무렸다.

-잘 알겠습니다. 제 얘기는 잊어주십시오.

진혁은 그렇게 말하고는 전화를 끊었다.

하지만 그의 얼굴에서는 의미심장한 미소가 피어올랐다.

'도청이라.'

진혁은 박정원이 뜬금없이 한 말의 의도를 정확하게 알아 챘다.

모르는 게 어디 있겠냐는 뜻은 결국 모든 중요한 상황이나 자리, 주요 인사들은 전부 도청하고 있다는 뜻이다.

심지어는 진혁도 언제, 어디서 혹 지금 박정원과 나누는 대화조차 도청의 가능성이 있다는 것을 뜻했다.

'흠, 일이 쉽게 확인되겠는데.'

진혁의 얼굴에 미소가 서렸다.

국가안전기획부.

전신인 중앙정보부에서 1981년 1월 국가안전기획부로 대대적인 개편을 기했다.

안기부의 주요업무는 첫째, 국회정보 및 국내보안정보 (대공 및 대정부 전복)의 수집.작성 및 배포.

둘째, 국가기밀에 속하는 문서.자재시설 및 지역에 대한 안보업무.

셋째, 형법 중 내란의 죄.외환의 죄, 군형법 중 반란의 죄. 이적의 죄. 군사기밀누설죄. 암호부정사용죄, 국가기밀보호법 및 국가보안법에 규정된 범죄의 수사.

넷째, 안전기획부 직원의 직무와 관련된 범죄에 대한 수사.

다섯째, 정보 및 보안업무의 기획.조정사항등을 관장한다.

하지만 1997년 대한민국에 몰아친 IMF사태와 함께 내년이면 또 한 번 거대한 변화의 소용돌이에 휩싸이는 곳이기도 했다.

어쨌든 KSPO는 대외적으로는 안기부 4과이자 비공개, 밀로 가득찬 신설 조직으로 대통령 직속기관으로 관련자들만 아는 곳이었다.

즉, KSPO 요원들에게는 여러 개의 명함이 동시에 존재했다.

공식적인 월급과 대외적인 신분보장은 안기부 4과 소속 요원으로 받는다.

물론 다른 안기부 요원들처럼 또 다른 위장신분을 하나씩 가지고 있었다.

게다가 진혁이 개별적으로 KSPO 요원들을 위해 설립한 KSPO재단으로부터 일정한 상여금과 퇴직금 적립, 노후대책 등을 덧붙여 받고 있는 셈이었다.

여러모로 진혁은 KSPO에 애정을 가지고 있었다.

그는 이 KSPO를 단순히 명목적인 아닌 앞으로 미래사회에 큰 역할을 할 것이라는 선견지명을 가지고 있었다.

그 자신의 존재로 보아.

그리고 시공간의 뒤틀임 속에서 본 지구의 미래.

그리고 태초의 돌이 이곳에 와있다는 것만 보아도 알 수 있었다.

그럼으로 KSPO가 안기부 4과로 대외적인 위치라고는 하나 그 독립성을 완전하게 인정받아야 했다.

물론 아직까지 대한민국에 KSPO가 드러나는 것은 시기상조였지만 말이었다.

그래서 진혁은 안기부 부장인 오국현을 직접 만나러 왔다.

"어서오시게."

오국현은 진혁을 보면서 반갑게 맞아 주었다.

'정말 17세라고 보기 어렵군.'

그는 소파에 앉는 진혁의 모습을 뜯어보면서 내심 다시 한 번 놀랐다.

180cm가 넘는 큰 키에 다부진 체격, 운동으로 인해 요 사이 더욱 그을린 구릿빛 피부가 진혁을 더욱 사내답게 느끼게 해주었다.

같은 남자가 봐도 탄성을 지를 만큼 진혁의 외모는 어디서나 눈길을 끌었다.

남녀노소를 막론하고 말이었다.

"부탁드릴 일이 있어서 왔습니다."

진혁은 자리에 앉자마자 용건을 바로 꺼냈다.

"말하게."

오국현은 진혁의 말에 살짝 긴장감이 감돌았다.

뭔가 심상치 않은 느낌이 들었기 때문이었다.

"KSPO는 대통령 직속 기관 맞습니까?"

진혁이 차분한 어조로 물었다.

애초에 설립 목적에 분명히 명시된, 지극히 당연한 이야기였다.

"맞지."

오국현은 진혁이 그것을 재차 묻는 것에 긴장감을 늦출

수가 없었다.

"그렇다면 안기부 내에서 독립성을 인정받아야 하지 않겠습니까?"

"그거야 당연하지."

오국현이 당연하다는 것을 묻는다는 투로 대답했다.

하지만 그도 산전수전 다 겪은 정치인이다.

진혁이 묻는 데에는 틀림없이 목적이 있을 것이다.

짐짓 모른 척하면서 진혁의 의도를 파악하려고 했다.

"당연하다라."

진혁은 오국현의 말을 중얼거렸다.

"......."

"......."

두 사람 사이에 긴장감이 일순 감돌았다.

하지만 서로간의 적의가 있는 관계는 아니다.

그 긴장감은 서로의 생각을 읽어내기 위한 잠시의 정적일 뿐이었다.

오국현은 오국현대로 KSPO에 대한 지배권을 잃지 않으려고 했다.

안기부 내에서 공식적으로 KSPO는 안기부 4과로 존재한다. 이는 원장인 오국현의 지배권에 있다는 소리다.

하지만 비공식적으로 대통령 직속기관으로 독립된 기관이다.

언뜻 보면 말이 안 되는 상황이었다.

하지만 이렇게 말이 안 되는 상황은 안기부 내에서도 의외로 많이 존재했다.

예를 들면, 국내 내놓으라는 인천 선박회사의 실 소유주가 안기부였으니깐 말이다.

물론 비공식적으로 말이다.

공식적인 실 소유주는 천국낙원 교주로 되어 있다.

이 또한 또 몇 개의 실타래로 엮여 있다.

결국 보통 사람들이 봐서는 누가 실 소유주인지 알 수 없는 것과 같았다.

KSPO의 경우 그처럼 복잡한 관계라는 것은 아니다.

다만, 독립성의 여부가 매우 중요했다.

진혁에게는 말이었다.

그 실권이 앞으로 미래에 강력한 통치권이 될 수도 있기 때문이었다.

적어도 진혁이 본 미래가 맞다면 말이었다.

어쨌거나 진혁은 1대 KSPO의 회장으로서 이 문제를 반드시 짚고 넘어가야 했다.

그 외 겸사겸사 해결할 문제도 있었지만 말이다.

"무슨 말이 하고 싶은가?"

오국현이 결국 먼저 질문을 했다.

"KSPO가 남다른 존재라는 것은 인정하시죠?"

진혁이 되물었다.

"그렇지. 솔직히 그간 일어난 일들은 우리의 상식으로 는 이해할 수 없겠지."

오국현이 파일에서 읽은 악마숭배에 관한 사건을 떠올 리면서 이맛살을 찌푸렸다.

이런 것은 큰 문제가 아니어야 했다.

그저 아이들의 장난거리 정도여야 한다.

하지만 이런 일이 인간의 힘을 넘어서 버리고 나면 안기 부라고 해도 손을 쓸 수가 없다.

오국현은 그것을 정확히 알고 있었다.

현 대통령 역시 말이었다.

과거 나찌가 왜 초인을 양성했는지 그 이유를 정확히 이 해하고 있었다.

물론 목적성에 있어서는 대한민국의 KSPO와는 그 방 향성이 전혀 다르지만 말이었다.

"네, 앞으로 상식으로 이해할 수 없는 문제들이 생길 겁 니다."

진혁이 조용하게 말했다.

하지만 그 말은 오국현을 충분히 놀라게 했다.

"그런 일들이 생긴단 말인가?"

"이미 생겼었습니다."

진혁이 빙그레 웃었다.

그는 태초의 돌이 벌인 사건을 떠올렸다.

"무, 무슨 말이지?"

오국현이 궁금한 표정을 지었다.

진혁은 태초의 돌이 벌인 사건을 이야기 해주었다.

한 택배원의 손에 들어간 태초의 돌이, 대한민국의 내놓으라는 부잣집들을 털었던 일.

그리고 결국 그 사람이 태초의 돌에 잠식되어 미쳐버린 일.

63빌딩이 한순간에 무너지고, 한강이 소용돌이가 되어 여의도 전역을 물바다로 만든 일등.

오국현은 진혁의 이야기가 마치 소설에 나오는 이야기 같다는 생각이 들었다.

믿기지 않다.

"그 일이 며칠 전에 끝났다고?"

오국현은 머리를 흔들었다.

믿기지 않다.

그에게 있어 어제도, 그제도 모든 게 그 날이 그날과 같이 평범했기 때문이었다.

비단 오국현 뿐만 아닐 것이다.

"그게 태초의 돌 위력입니다."

"안 믿겨지네. 솔직히 자네를 못 믿는 것은 아니네만."

오국현은 진혁의 기분이 상하지 않도록 눈치를 보면서

도 여전히 그의 이야기가 실감나지 않는다고 생각했다.

아니 누가 믿겠는가.

며칠 전에 그런 난리가 났다는데.

대한민국이 붕괴되는.

한 사람의 괴력에 의해서.

그런데 그 일이 아무런 기억에도 없고.

변화도 없었기 때문이었다.

"시공간이 원래대로 돌아왔기 때문이죠."

진혁은 그런 반응을 보일 줄 알았다면서 차분한 어조로 대꾸했다.

"휴우, 정말 그런 일이 일어났다면."

오국현은 생각하기도 끔찍했다.

그리고 시공간을 되돌린 다는 거.

그것이야말로 매력적이면서도 위험천만한 일임을 뼈져리게 느꼈다.

"그렇다면 그 사건에서 죽은 자들도 많지 않겠는가?"

오국현이 호기심 어리다는 투로 질문했다.

"물론입니다."

"지금 이 곳에 있는 자들 중에도 죽었던 자들이 있다는 말인가?"

오국현이 주위를 두리번거렸다.

물론 오국현과 진혁이 대화를 나누는 곳은 원장실이다.

두 사람 말고 또 누가 있지는 않다.

진혁은 대답 대신 오국현을 가만히 쳐다보았다.

오국현은 그 의미를 이내 알아차렸다.

"나도?"

그는 순간 오싹거리는 전율을 느꼈다.

자신이 며칠 전에 죽었던 자라니.

믿기지 않는다.

그의 머릿속에는 아무런 기억도 없기 때문이었다.

'혹시 날 조롱하려는 건가?'

순간 오국현은 진혁을 의심의 눈초리로 보았다.

말도 안 된다.

자신이 이렇게 멀쩡하게 살아있는데.

그리고 죽음의 공포를 전혀 기억하지 못하기 때문이었다.

"믿기지 않으실 줄 알았습니다."

진혁은 그럴 줄 알았다는 투로 말했다.

"휴우, 정말 이해가 안가네."

오국현이 한숨을 쉬었다.

"태초의 돌이 갖는 그 위력은 상상 초월입니다."

"그런 돌이 있다는 것도 금시초문이고."

오국현이 좀 전의 태도와는 달리 다소 부정적인 태도로
말했다.

아무래도 자신이 죽었던 그 어떤 기억도, 파편도, 느낌도 없기 때문이었다.

그런데 며칠 전에 죽었다니.

그는 진혁의 말에 다소 불신이 서리기 시작했다.

하지만 진혁은 그런 오국현의 태도를 오히려 당연히 여겼다.

아니 그다지 오국현의 반응 따위는 관심이 없는 듯 했다.

"태초의 돌 위력 한번 보시겠습니까?"

진혁이 빙그레 미소를 띠었다.

"어, 어떻게?"

"제가 그 돌을 마지막으로 만졌던 자입니다."

진혁이 그렇게 말하면서 자신의 두 손을 들었다.

"그래서?"

오국현의 눈은 순간 호기심이 일었다.

'먹히는 군.'

진혁은 속으로 쾌재를 불렀다.

자신이 마법을 사용할 줄 안다는 것을 오국현에게 전부 알릴 생각은 없다.

하지만 어느 정도 KSPO의 회장으로, 그리고 앞으로 벌어질 사건을 해결할 수 있는 가장 적임자로 오국현에게 인상을 심어주어야 했다.

그래서 적절하게 태초의 돌을 가지고 그 상황을 만들어 보기로 이곳에 오기 전부터 생각하고 있던 터였다.

진혁은 두 손을 들어 일부러 크게 좌우로 움직였다.

마치 국민체조 하듯이 말이었다.

"뭐하는 겐가?"

오국현이 호기심 어린 눈빛으로 물어보았다.

"한 번 확인해 보시겠습니까?"

진혁이 말했다.

"뭘?"

"요원에게 연락해서 이곳의 도청이 잘되고 있는지 물어
보십시오."

진혁이 말했다.

"도, 도청."

오국현은 순간 당황했다.

진혁이 이곳에 오기 전에 도청 담당 요원에게 도청을 지
시했기 때문이었다.

아니 KSPO가 있는 건물 주변에도 도청 담당 요원들을
파견하지 않았던가.

오국현은 진혁의 얼굴을 한 번 쳐다보았다.

아무런 표정의 변화도 없다.

오국현은 진혁의 그런 태도가 오히려 더 무서웠다.

절대 저 자리에 앉아있는 사람은 17세일 리가 없다.

산전수전 다 겪은 안기부장인 자신마저 순간 겁에 질리
기 시작했기 때문이었다.

알 수 없는 두려움.

눈 앞의 존재가 너무도 커서 느껴지는 그런 두려움이었다.

'도대체 뭐지?'

오국현은 고개조차 갸우뚱 할 수 없었다.

그는 당혹한 빛을 띠면서 책상위에 놓여 져 있는 전화기를 들었다.

그리고는 굳은 얼굴로 고개를 연신 끄덕였다.

ㅡ아니네.

찰칵.

오국현은 수화기에 대고 그 말 한마디를 내뱉고는 전화를 끊었다.

그리고는 진혁이 앉아 있는 응접실로 되돌아 왔다.

"자네 말이 맞네. 방금 전 자네가 두 팔을 든 직후쯤 도청이 끊겼네."

오국현이 긴장한 빛으로 말했다.

"아마 또 다른 요원들에게도 연락이 올겁니다. KSPO주변에서는 그 어떤 도청도 되지 않는다고."

진혁이 씨익 웃으면서 말했다.

"도, 도대체 이게 다 뭔가?"

오국현의 눈이 왕방울만 해졌다.

이런 일은 그의 생애 들어본 적도 없다.

물론 아이들이나 읽는 소설에서나 나올법한 그런 황당무계한 일이었다.

"이곳의 언어로는 마법이라는 겁니다."

진혁은 차분한 어조로 말했다.

"마법?"

"사실 태초의 돌이 갖는 힘은 마법이라는 단어조차 무색할 겁니다."

진혁은 그렇게 말하면서 자신의 두 손을 갸우뚱 어린 표정으로 보았다.

흠칫.

진혁의 태도 하나 만으로도 오국현은 잠시 몸을 떨었다.

"이,이게 다…."

"제가 태초의 돌이 갖는 위력을 다 가지고 있다는 것은 아닙니다."

"그… 그러면…?"

"저도 정확히 모르겠습니다. 그다지 엄청난 힘을 갖거나 시공간을 틀거나 하는 것은 아닙니다."

진혁이 씨익 웃으면서 말했다.

"그, 그런가?"

오국현이 다소는 부러운 표정으로 되물었다.

"그러니 절 너무 부러워하지 마십시오."

진혁이 웃으면서 말했다.

"부럽지. 부러워."

오국현은 그렇게 말하면서 긴장감을 늦추었다.

"도대체 어떻게 그렇게 된 건가?"

"저도 정확히 모릅니다. 태초의 돌을 만지는 순간에 돌은 사라지고 그 이후 약간의 능력을 갖게 된 정도니깐."

진혁은 일부러 아쉽다는 듯이 말했다.

"태초의 돌도 사라져?"

오국현도 미련이 남는다는 표정으로 캐묻듯이 말했다.

"그렇습니다."

진혁이 고개를 끄덕였다.

"왜 하필 자네일까?"

오국현이 가장 중요한 질문을 던졌다.

"제가 KSPO의 수장이라서가 아닐까 생각합니다."

"왜?"

오국현이 언뜻 이해가 안 간다는 듯이 말했다.

"태초의 돌은 한번 대한민국에서 미쳐버렸습니다. 분명 시공간이 틀어지고 그 틀어짐이 원래대로 돌아왔지만 틈새가 생겼을 겁니다."

진혁이 심각한 어조로 말했다.

오국현은 조용히 경청했다.

"앞으로 우리는 과거와 같은 현실을 미래로 맞이할 수 없을지도 모릅니다. 우리가 알고 있는 미래, 과거의 연장

선과 같은 그런 미래가 아닐지도 모른다는 뜻입니다. 시공간의 틈새, 우주의 균열이 이곳에서 벌어졌다면 우리의 미래는 어떤 변수로 흘러갈지 미지수니깐 말입니다."

"어렵군."

오국현이 진혁의 말에 장탄식을 했다.

그는 진혁의 얼굴을 쳐다보았다.

안기부 부장실 안에는 진혁과 오국현.

두 사람을 감싸고 긴장감이 팽배해졌다.

오국현이 방금 전 진혁의 말을 못 알아듣는 것은 아니다.

다만 그런 상황 자체가 믿겨지는 것은 아니었다.

실감이 나지 않기 때문이었다.

'아무래도 안 되겠군.'

진혁은 계속적인 대화의 필요성이 느껴졌다.

그렇기 위해서는 뭔가 오국현에게 더 보여줘야겠다고 판단했다.

딱.

진혁이 순간 손가락을 튕겼다.

화르륵!

진혁의 손가락이 한번 튕기자 허공에서 불길이 치솟았다.

으아아악!

오국현은 순간 자신도 모르게 비명을 질렀다.

그는 자리에서 벌떡 일어나 본능적으로 문으로 팅기듯이 움직였다.

그와 동시에 부장실 바깥에서도 심상치 않은 일이 생겼다는 것을 감지했는지 대기하고 있던 몇몇 요원들이 부장실 문을 두드렸다.

탕. 탕.

"부장님, 괜찮으십니까?"

진혁은 빙그레 웃으면서 다시 한 번 손을 팅겼다.

딱.

그러자 허공에 치솟던 불길이 언제 그랬냐 듯이 사라졌다.

"……."

오국현의 얼굴은 그야말로 시뻘겋게 변해있었다.

자신이 실감나지 않는 것을 눈치 챈 진혁이 일종의 쇼를 벌인 셈이었다.

벌컥.

오국현은 부장실 문을 열어 요원들에게 얼굴을 내밀었다. 그리고는 그들을 물리치고 다시 진혁이 앉아있는 응접실로 되돌아왔다.

"이, 이게?"

"아까 말씀드린 마법이라는 겁니다."

"휴."

털썩.

오국현은 소파위에 주저앉다시피 앉았다.

이런 일은 난생 처음 보았기 때문이었다.

눈앞에 사람이 죽어나간다고 해도 눈 하나 깜짝 안할 사람이 바로 오국현 같은 존재였다.

그런데 이것은 그와는 전혀 다른 일이었다.

그의 상식 밖에 없는 일.

이 지구상에 존재하는 패러다임에서는 존재하지 않는 일이었다.

물론 공상과학소설이나 기타 여러 가지 소설에는 다양한 소재거리로 나오는 소재일지는 모른다.

그런 소재를 아는 것과 실지로 눈앞에서 벌어지는 것과는 매우 다른 일이었다.

"신기할 뿐이네."

오국현이 부럽다는 눈초리로 진혁을 보면서 이어 말했다.

"자네가 KSPO의 수장이라서 태초의 돌이 마지막으로 이런 능력을 남겼다?"

"그렇습니다. 제가 그 돌을 들었을 때 느낀 기분과 그때 당시 느낀 감정이나 알게 된 지식 등을 어떻게 다 표현해야 할지 저도 모르겠습니다. 하지만 부장께는 제가 솔직하게 말씀드리는 겁니다."

진혁은 짐짓 진지한 표정으로 말했다.

비록 태초의 돌이 진혁에게 남긴 능력은 아니지만, 그가 말하는 부분 중 앞으로 미래의 일은 진실이 될 가능성이 높다.

그렇기 때문에 앞으로 대비를 위해서는 KSPO의 독립과 그 위상이 높아야 한다.

안기부의 적극적인 협조와 오히려 안기부가 KSPO의 부속기관으로 미래는 바뀔지도 모르기 때문이었다.

"흠, 말해보게."

오국현이 고개를 끄덕이면서 말했다.

"저도 더 자세한 것은 모릅니다. 제가 KSPO 수장이어서 이런 능력을 마지막으로 태초의 돌이 남겼었다 라는 짐작. 그리고 미래는 균열로 인한 변수가 생길지도 모른다는 느낌이 제 뇌리 속에 강하게 들어왔습니다."

"자네가 보인 능력이 없다면 난 자네가 여지껏 소설 쓴다고 생각했을 지도 모르네."

오국현은 솔직하게 말했다.

"어쩌면 그래서 태초의 돌은 제게 이런 능력을 남겼을 지도 모릅니다. 자신의 흔적으로 알려주기 위해서 말입니다."

"그렇군."

오국현은 크게 고개를 끄덕였다.

"지금 상황에서 제가 부탁드릴 일은 이것입니다. KSPO
는 신설 목적대로 안기부에 독립된 기관이라는 것을 부장
님께 마지막으로 다짐 드립니다."

"……."

오국현은 아무런 말도 하지 않았다.

"그간 도청해왔다는 것을 압니다. 하지만 오늘 이후로
도청을 하실려고 해도 하실 수 없을 겁니다. 그로 인해서
안기부와 KSPO간의 잡음이 나는 것을 원치 않습니다."

"그 때문에 오늘 온 건가?"

오국현이 조용히 물었다.

"부장님과 적대적인 관계가 아니라 동지로서 협력을 구
하기 위해서 온 겁니다."

진혁이 나지막하게 말했다.

"흠."

오국현은 고개를 끄덕였다.

이건 선전포고다.

하지만 진혁이 말하러 오지 않았다면 한동안 안기부와
KSPO간의 알력싸움이 났을 수도 있었다.

갑자기 도청이 되지 않는 이유를 알아내려고 안기부에
서는 소동이 났을 것이다.

그렇게 되면 KSPO의 존재나 기타 여러 가지가 외부에

노출될 가능성도 높았다.

오국현은 진혁이 단순히 자신과 싸우러 오지 않았다는 것을 알았다.

오히려 속이 깊었다.

17세의 나이라는 게 믿겨지지 않을 만큼 말이었다.

만약 오국현이 17세의 나이에 저런 능력을 가졌다면?

아마 자신은 더한 것을 벌 일려고 했을 지도 모르겠다.

그런데 진혁은 KSPO의 수장으로서, 오로지 대한민국의 미래를 걱정하고 그에 대한 대비책을 강구하기 위해서 뛰고 있었다.

'정말 거인이다.'

오국현은 진혁이 태산보다 거대한 존재처럼 느껴지기 시작했다.

"원래 KSPO는 독립기관 아닙니까?"

진혁이 당연하다는 듯이 말했다.

"그렇지."

오국현은 말했다.

"이 순간부터 다시는 거론하지 말죠."

진혁이 딱잘라 정리했다.

"알겠네."

오국현은 자신의 힘으로 KSPO에 대해서 어떻게 할 수 없다는 것을 깨달았다.

"대통령 각하께 보고는?"

오국현이 진혁을 쳐다보았다.

"직접 해야겠죠. 하지만 대외적으로는 안기부 4과이니."

진혁이 당연하다는 듯이 말했다.

오국현은 고개를 끄덕였다.

'음지에서 일하고 양지를 지향한다.'

안기부의 모토이다.

KSPO의 경우는 비밀그림자로 일한다인 셈이다.

통상 안기부의 각 과에 대한 일들을 시시콜콜하게 대통령에게 보고하지는 않는다.

진혁은 그 점을 들어 말한 셈이었다.

오국현도 이해하고 있었다.

미국의 첩보기관과 같은 맥락이었다.

대통령 직속 기관이면서도 다른 기관들 사이에 가려 드러나지 않는 기관.

안기부의 소속이면서도 안기부의 터치를 전혀 받지 않는 기관이 대한민국에 정식으로 탄생한 셈이었다.

진혁이 이렇게 오국현에게 마법을 시현하면서 까지 그 지위를 인정받으면서 또한 비밀을 유지하려는 데에는 또 다른 이유가 있었다.

앞으로 한국은 야당 출신인 대통령이 아닌 여당 출신 대통령이 당선된다.

그렇게 되었을 때 또 한 번 KSPO의 위치나 안전성을 사전에 다지기 위했다.

물론 그런 점을 시시콜콜하게 오국현에게 말할 수는 없었다.

그렇게 된다면 오국현은 진혁에 대해서 의심할 수 밖에 없기 때문이었다.

이런 일들을 태초의 돌을 만짐으로 다 알았다라고 얘기하기에는 신빙성이 너무도 떨어진다.

딱 이정도.

이 선이 오국현이 납득할 수 있는 선이라고 진혁은 생각했다.

"그래도 대통령 각하는 직접 뵙기도 해야지."

오국현이 말했다.

"물론입니다."

진혁이 고개를 끄덕였다.

안 그래도 진혁은 정.재계에서 파워를 가져야 할 필요성을 느끼고 있던 중이었다.

"피차간의 어느 정도 서로에 대해서 개략적으로는 알 필요성이 있지 않을까?"

오국현이 뭔가 찝찝하다는 듯이 말했다.

대부분 안기부의 일로 대통령을 만나는 것은 그 자신의 몫이다.

진혁이 직접 나서려고 하지 않을 것이다.

자주 대통령을 접하다 보면 다음 정권 시 또 KSPO라는 기관에 문제가 생길 수도 있다.

진혁이 염려하는 부분을 오국현은 정확히 알고 있었다.

그렇기 때문에 KSPO의 독립성을 인정하고 손을 대지 않는다고 해도 안기부 부장으로서 갖는 일정 부분의 책임은 어쩔 수가 없다.

"말씀하신 대로 피차간입니다."

진혁이 씨익 웃었다.

이것역시 그의 의도 안에 있기 때문이었다.

"말해보게."

오국현은 뭔가 자신이 진혁의 낚싯줄에 걸린 기분이었다.

하지만 이 문제를 해결 봐야 하는 것도 어쩔 수가 없었다.

"저희 KSPO의 소속이자 안기부 대내 정치부 팀장인 안연우를 4과장으로 임명하죠."

진혁이 말했다.

"아."

오국현이 머리를 끄덕였다.

안연우는 오국현도 익히 잘 아는 자였다.

안기부에서 오랫동안 일을 깔끔하게 잘 하는 요원으로 평가받고 있었다.

또한 리더십과 함께 대내외적인 균형 감각과 조절능력이 탁월하게 뛰어나다고 평가받고 있었다.

안연우는 KSPO의 독립성에 저해되지 않는 범위 내에서 진행상황을 안기부 부장에게 직접 보고할 것이다.

또한 대통령을 면담하는 일도 그의 몫이 된다.

물론 안기부 내에서 벌어지는 일중 KSPO에게 필요하고 적절한 정보만 제공할 것이다.

즉, 안연우가 KSPO의 대외적인 간판으로 부상하는 셈이었다.

"자네는 드러나는 것을 좋아하지 않는 것 같네."

오국현이 진혁을 보면서 물었다.

"제가 나이도 어리니 더 조심해야죠."

진혁이 당연하다는 듯이 말했다.

"그렇긴 하네만, 보통 그 나이 대 라면 오히려 드러나는 것을 좋아할 텐데."

오국현이 진혁의 외모를 다시 한 번 뜯어보면서 말했다.

"성격도 그렇고, 아무래도 그룹을 운영하다 보면 정치적인 관계는 조심스럽습니다."

진혁이 말했다.

"그렇지."

오국현이 이해한다는 듯이 고개를 끄덕였다.

"앞으로 중앙그룹의 임원진으로서 정. 재계 인물들을

만나야 할 것 같습니다."

진혁은 조심스럽게 말했다.

"자네가 갑자기 그런 생각을 하는 이유가 뭔가?"

오국현은 진혁의 또 다른 의중이 있음을 금방 눈치 챈 듯 했다.

아무래도 산전수전을 다 겪은 오국현이고 보니 사람들과 대화를 하다보면 그 속에 숨은 의도를 남들보다 빠르게 간파했다.

"기린차 때문입니다."

진혁은 솔직하게 털어놓았다.

지금 당장은 기린차 문제를 해결해야 한다고 생각하고 있었다.

물론 다른 문제들이나 그룹의 운영상 여러 가지 일이 있겠지만 그런 것들은 오국현과 시시콜콜하게 이야기할 필요까지는 없었다.

"기린차라."

오국현이 나지막하게 신음소리를 냈다.

"이미 현세 쪽에 떨어진 것은 압니다."

진혁이 고개를 끄덕이면서 말했다.

"그런데 왜?"

오국현이 진혁의 얼굴을 쳐다보면서 말했다.

"그냥 오지랖이라고 하죠."

진혁이 씨익 웃었다.

"기린그룹의 대외채무가 너무 많네. 자네가 어찌해볼 수 있을 정도가 아니네."

오국현이 진혁을 진심으로 염려한다는 듯이 말했다.

재계 서열 1, 2위를 삼송그룹과 다투는 현세그룹이다.

진혁이 운영하는 중앙그룹은 이제 막 신설된 그룹이고 말이었다.

대외적으로 인지도를 떠나서 한국 내 인지도에서도 현격하게 차이가 났다.

아무리 진혁이 개인적으로 소지하고 있는 주식이나 부동산의 가치가 엄청나다고 해도 재벌과 졸부의 차이는 확연하게 다르다.

"알고 있습니다."

진혁이 가볍게 웃었다.

"설마 자네 그 마법인지 뭔지 사용하려고 하는 건 아니지?"

오국현이 농담조로 말했다.

"에이, 제가 이런 걸 할 줄 안다고 얼마나 할 줄 알겠습니까?"

진혁이 그렇게 말하면서 허공에 큐브 모양의 얼음덩이를 띄웠다.

오국현은 진혁이 손가락 하나 팅겨서 허공에서 얼음덩

이를 만들어낸 것을 놀랍다는 듯이 보았다.

"감탄할 필요 없습니다. 이게 다거든요."

진혁이 아쉽다는 듯이 말했다.

"그게 다인가?"

"별거 없습니다. 뭔가 만드는 것은 대단치 않습니다."

진혁이 겸손한 어조로 말했다.

"난 그 정도만 해도 좋겠네."

오국현이 농담 반, 부러움 반으로 말했다.

"써먹을 데가 없습니다."

"그래도 도청 차단의 범위는 대단하지 않은가?"

오국현이 치고 들어왔다.

과연 늙은 여우답게 진혁의 능력이 어느 정도인지 가볍게 넘어가지 않았다.

진혁은 이미 예상한 듯이 고개를 끄덕이면서 말했다.

"전파 차단은 범위가 넓더라고요."

"전파 차단?"

오국현이 되물으면서 고개를 끄덕였다.

"그런 것 같습니다. 처음엔 저도 갑자기 전기나 전파들이 주변에 혼선이 와서 놀랐습니다."

진혁이 그렇게 말하자 오국현은 연신 고개를 끄덕였다.

진혁의 말이 다 믿겨지는 것은 아니었지만 본인이 그렇다고 하는데 또 어떻게 반문하겠는가.

"부럽네."

오국현은 진심으로 부러운 눈치이긴 했다.

"이 일을 아는 사람은 박정원 사장님 말고는 없습니다."

진혁이 목소리를 일부러 낮추어 말했다.

"그렇겠지."

오국현은 알겠다는 듯이 고개를 끄덕였다.

이런 일이 외부로 유출되는 것은 좋지 않다.

물론 KSPO라는 조직이 새어나가는 것도 말이었다.

"요즘 그쪽에서 다루고 있는 사건까지는 관심을 가져도 되겠는가?"

오국현이 아쉬운 어조로 말했다.

"이미 알고 계시니 그 결과가 나오면 말씀드리죠."

진혁이 말했다.

"제물이라."

오국현이 중얼거렸다.

과천의 제약회사 연구소에서 벌어진 일을 두고 하는 말이었다.

쥬아나가 벌였던 일.

그 일에 관해서 국제적인 수사를 벌이고 있었다.

그렇기 때문에 안기부의 이름을 빌 수 밖에 없었다.

진혁은 그런 일 때문에 안연우를 안기부의 4과 과장으로 앉힌 것이었다.

또한 안기부로서 독립성도 인정받고 말이었다.

여러모로 말이 안 되는 상황을 해결하려고 드니 머리가 아플 지경이었다.

하지만 태초의 돌에 관한 일이 뜻밖에도 그에게 일을 푸는 실마리를 준 셈이었다.

덕분에 오국현과는 이야기가 잘 되었다.

아마도 대통령도 크게 문제가 없을 것이다.

애초에 대통령이 KSPO의 설립을 요구했고, 그 독립성이나 비밀성을 당연히 여겼으니 말이었다.

다만 정치적인 상황이 그렇게 되도록 흐름을 만들어가는 것은 KSPO의 수장인 진혁의 몫인 셈이었다.

그리고 지금 그 일을 진혁은 잘 해내고 있었다.

어차피 진혁의 능력이 박정원 외에 누군가에게 드러내야 할 수 밖에 없는 상황이라면 안기부 부장인 오국현이 가장 적임자였다.

적절하게 그 능력으로 협상수단이 되었으니 말이었다.

더구나 다루고 있는 사건의 소지 상, 진혁의 능력은 KSPO의 수장으로 힘을 줄 것이다.

수장의 자리에 어울리는 사람으로서 진혁 만한 사람이 없다는 것을 안기부 부장인 오국현은 은연중에 인정할 수 밖에 없었다.

"도망간 자를 찾았나?"

오국현이 진혁에게 물었다.

사실 요근래 대한민국의 정.재계는 복잡하게 돌아갔다.

그런 일들에 치여서 오국현 역시 바쁘기는 했다.

하지만 그런 일들은 늘 오국현이 담당하고 있던 일의 연장선일 뿐이었다.

오국현은 쥬아나가 벌였던 사건에 대해서 매우 큰 흥미를 가지고 있었다.

그랬기 때문에 대통령의 지시에 적극적으로 따르고, 진혁과 함께 KSPO를 설립하는데 다양한 협조를 마지않았던 것이었다.

"발레노 슬랫이라는 자가 쥬아나라는 여성과 함께 그 연구소를 지휘하던 자였습니다."

진혁은 다소 안타깝다는 표정을 지었다.

"못 찾았는가?"

오국현은 진혁의 표정을 보고는 질문했다.

"아직까지 소재 파악이 되지 않습니다."

"거참, 안타깝네."

"조만간 찾을 겁니다."

"그래야지."

오국현이 고개를 끄덕였다.

"문제는 이 자가 아닙니다."

"그렇다면?"

"이 자가 쥬아나라는 여성과 단독으로 연구소를 운영했을 리는 만무합니다. 이들의 뒤에는 거대한 힘이 움직이고 있습니다."

"……."

오국현은 침을 꼴깍 삼켰다.

두려웠다.

좀전에 진혁에게 느낀 두려움은 존재의 거대성에 대한 두려움이었다.

하지만 이번의 두려움은 지옥과 같은.

어둠의 두려움이었다.

본능적으로 알 수가 있었다.

결코 사소한 문제가 아니라는 것을 말이다.

"아무래도 부장님도 KSPO 요원으로 써야할 것 같습니다."

진혁이 빙그레 웃으면서 말했다.

"그, 그런가?"

오국현이 멋쩍은 표정을 지었다.

"꽤 호기심이 많으신데요."

진혁이 다소 놀리듯이 말했다.

"사실 내가 안기부 일보다는 KSPO 요원에 더 적합한 것 같네. 더 재밌고 흥미롭거든."

오국현이 진혁을 마주보면서 웃었다.

"안기부 부장 자리에서 물러나시면 그때 채용해드리죠."

진혁이 농담 반, 진담 반으로 말했다.

"허허허, 내가 부장 자리 물러나도 걱정 없겠는데."

오국현이 기분 좋은 표정을 지었다.

"이 사건은 안기부과 손잡고 배후를 캐낼 겁니다. 아마 일의 진척상황 중간 중간 보고를 안연우 과장이 할 겁니다."

진혁은 안연우를 벌써 안연우 과장이라고 직책을 일부러 집어넣어 말했다.

오국현은 진혁의 의도를 알아채고는 고개를 끄덕였다.

"오늘은 이만 가보겠습니다."

진혁은 그렇게 말하면서 자리에서 일어났다.

오국현은 진혁과 더 이야기를 나누고 싶었다.

하지만 그도 몹시 바쁜 사람이었다.

"종종 시간나면 들리게. 언제든 환영일세. 미래의 내 상관이니."

오국현이 농담조로 말했다.

"그렇다면 종종 KSPO로 놀러 오십시오. 제가 상관이니 저한테 잘 보이셔야 하지 않겠습니까?"

진혁이 농담을 받아쳤다.

"하하하, 그렇게 되네. 가끔 그 근처에서 점심이나 합세."

오국현은 기분 좋은 표정을 지었다.

"참, 그동안 저희를 도청했다는 점에서 한 가지 양해를 받아야겠습니다."

진혁이 빙그레 웃었다.

오국현은 순간 진혁의 말에 뭔가 밑지는 기분이 들었다.

"뭔가?"

"기린차에 대한 제 애정이 좀 높습니다. 도청 관련 부분에서 양해를 좀 구할 일이 있습니다."

진혁은 밑도 끝도 없이 용건을 툭 던졌다.

"……."

오국현은 찝찝한 표정을 지었다.

"너무 걱정 마십시오. 그 후 안기부의 입장도 생각해 놓은게 있으니 말입니다. 이만 가보겠습니다."

진혁은 오국현을 한번 더 쳐다보고는 안기부 부장실을 나섰다.

오국현이 망연자실한 표정을 지으면서 진혁이 나간 문을 쳐다보았다.

아무래도 뭔가 하나 안기부 측에서 손해를 볼 일이 생길게 뻔했다.

하지만 그간 독립 기관이라던 KSPO를 도청해왔으니 뭐라고 반박할 여지가 없다.

하나를 용납하고 하나를 넘어가는 셈이었다.

'알아서 뒤처리도 하겠지.'

오국현은 오히려 그 상황에서 태평스런 생각이 들었다.

어느새 진혁에 대한 신뢰감이 이전보다 더 깊게 생겼기 때문이었다.

나이로는 가늠치 못할 깊은.

그런 사람이 바로 최진혁이었다.

오국현은 오랜 세월 동안 살아오면서, 다양한 사람들을 만나면서 진혁과 같은 존재는 보지 못했다.

진혁은 필시 17세라는 모습 안에 100세는 넘는 도사 급이 들어앉아 있는 것만 같았다.

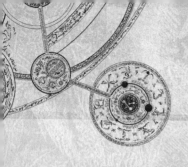

Return
of the Meister

NEO MODERN FANTASY STORY

4. 반격

4. 반격

대한민국 시청 앞 광장.

동아일보, 조선일보, 중앙일보 등 대한민국에서 내놓으라는 신문사들이 밀집한 지역이기도 했다.

진혁은 광장 앞에 세워져 있는 라 뉴아 호텔 로비로 들어서고 있었다.

오늘 이곳에서 대한민국의 신문사 중 가장 손꼽히는 동아, 조선, 중앙일보 편집국장들과 만나기로 한 것이었다.

물론 그 자신도 중앙겨레라는 신설 신문 편집국장의 자격으로 말이었다.

신설 편집국장이 어떻게 대한민국 최고의 신문사 편집국장들을 소집할 수 있단 말인가.

하지만 내용을 알고 보면 의외로 쉽다.

사안의 중요성.

딱 그뿐이다.

이들을 움직일 수 있는 것은 그 누구의 알력보다도 신문 기사 감이었다.

어떤 내용이냐에 따라서.

그리고 어떻게 다룰지에 따라서 편집부 간에도 서로 경쟁이 치열했다.

진혁은 이를 이용했다.

그 자신이 앞으로 미디어의 중요성과 귀환 전 대한민국에서 본 여론에 따라 사람들의 생각이 좌지우지 되는 것을 익히 알던 터였다.

그래서 중앙투자개발회사를 그룹으로 여러 자회사를 세우면서 신문사도 잊지 않았다.

중앙겨레.

이번 일에 따라서 중앙겨레가 사람들의 뇌리에 각인될 수도 있다.

하지만 진혁은 그를 위해서 기사를 만드는 것은 아니었다.

오히려 자신이 신문사를 세웠다는 사실에 안도하고 있었다.

일을 진행하기 위해서는 그 편이 쉬우니깐 말이었다.

"반갑습니다."

진혁은 예약된 라 뉴아 호텔의 회의실 안에 세 사람의 편집국장이 앉아있는 것을 보고 싱긋 웃으면서 들어섰다.

"무척 젊으시군요."

먼저 악수를 청한 동아일보 편집국장인 이 기호가 말했다.

대략 이 자리에 앉아있는 편집국장들은 대략 40대이상은 된 사람들이었다.

그런데 중앙겨레의 편집국장이라고 들어온 진혁은 아무리 나이를 많이 쳐주어도 20대 초중반으로 보인다.

사실 이들이 진혁의 나이가 17살이라는 것을 안다면 놀라자빠질 게 뻔했다.

"정확하게는 편집국장 대리입니다. 아직 저희 편집국장이 공석입니다."

진혁이 싱긋 웃으면서 세 사람을 쳐다보았다.

"공석이라?"

동아일보 편집국장인 이기호가 그 말을 의아하게 받아들였다.

아무래도 진혁의 의중이 무엇인지 파악하기 위해서였다.

"이 얘긴 다음에 개별적으로 하죠."

진혁이 딱잘라 말하고는 자신의 자리에 앉았다.

"……."

이기호는 진혁의 태도에 순간 당황했다.

어린 나이라고 얕보아서는 안 되겠다는 생각이 들었다.

"오늘 우리를 소집한 일이 기린차에 관해서라고 들었소."

중앙일보 편집국장인 차해철이 바로 용건을 꺼냈다.

"그렇습니다."

진혁이 고개를 끄덕였다.

"어떤 사안이지?"

차해철은 다소 무례한 어투로 진혁을 대했다.

하지만 진혁은 그런 차해철의 행동에 무심했다.

"삼송 관련입니다."

"흠."

차해철과 조선일보 편집국장인 김상수가 서로의 얼굴을 쳐다보았다.

항간에 떠도는 소문쯤은 그들도 알고 있었다.

"기린차를 인수하기 위해서 삼송 측에서 상당한 심혈을 기울이신 것은 다 아시는 내용입니다."

"그렇긴 하네."

이기호가 고개를 끄덕였다.

하지만 이 세 사람이 떠도는 소문이나 들으려고 이곳에 온 것은 아니다.

그보다 더 큰 일.

그리고 그 일을 어떤 선에서 터트리고 매듭지어야 하는

지 의논하기 위해서였다.

진혁은 바로 본론에 들어갔다.

"삼송 측에서 정.관계 사람들을 만나서 로비를 한 정확한 정황을 증빙할 자료가 있습니다."

"자료가 있다?"

차해철이 다소 놀란 표정으로 진혁을 쳐다보았다.

"그렇습니다. 또한 이번 기린그룹의 부도 사태가 일정 부분 삼송 측의 악의적인 기업인수 과정에서 일어난 책임도 무시할 수가 없습니다."

"흠."

김상수가 팔짱을 끼었다.

그 자신도 이미 조사했던 바였다.

다들 쉬쉬하면서도 알고 있는 사람들은 아는 자료였다.

"그렇다고 증명할 수 있겠나?"

"못할 것도 없지 않습니까? 하나만 터트려주면 나머지는 따라옵니다."

진혁이 별거 아니란 식으로 말했다.

"그 하나라는 게?"

이기호가 물었다.

"사실 그것 때문에 중앙일보는 부를까 말까 고민했습니다."

진혁이 중앙일보 편집국장인 차해철을 쳐다보면서 말

했다.

"무슨 말인가?"

차해철의 얼굴이 순간 변했다.

그가 진혁의 태도나 말에 기분 나쁜 것과는 별개의 문제였다.

대한민국에서 내놓으라는 신문사의 편집국장들을 모아놓고 기껏 한다는 말이.

자신을 배척하려고 했다는 것.

분명 중앙일보 사측과도 관련이 있을 사안이었다.

지금 진혁이 말하는 단위는 일개 회사원 정도가 절대 아니다.

"기린차 인수를 둘러싸고 삼송의 로비작업이 치열했다는 것은 다 아실 겁니다. 최근 저는 작년 4월에 중앙일보 사장인 홍민현과 삼송그룹 비서실장인 이학식이 만나서 나눈 대화를 손에 넣게 되었습니다."

진혁이 차분한 어조로 말했다.

"대화를 손에 넣어?"

차해철의 얼굴이 새파래졌다.

지금 그의 눈앞에 앉아있는 진혁의 확고한 태도와 말투로 보아 절대 협박용이 아니었다.

이기호와 김상수의 얼굴도 흥미진진해졌다.

"어떻게?"

이기호가 질문했다.

"안기부 측에서 도청했습니다."

진혁이 짤막하게 대답했다.

"안기부!"

김상수와 이기호, 차해철이 동시에 말했다.

그리고는 서로의 얼굴을 쳐다보았다.

분명 지금 진혁이 말하는 사안은 결코 가볍지 않다.

어느 선에서 이 사건을 터트려야 할지도 감이 잡히지 않았다.

세 사람은 서로의 얼굴만 쳐다 볼 뿐이었다.

그렇지만 그들의 머릿속은 복잡하게 돌아가고 있었다.

"잠시 들어보겠습니까?"

진혁은 그렇게 말하고는 준비한 녹음테이프를 꺼냈다.

그리고는 카셋트에 넣었다.

꿀꺽.

신문사 편집국장인 세 사람은 긴장한 빛이 역력한 채 카셋트에서 흘러나오는 대화를 들었다.

대화내용은 이랬다.

중앙일보 사장인 홍민현이 부총리를 언급하면서 인사를 했으면 좋겠다고 했고, 비서실장인 이학식은 3개에서 5개를 주라고 하는 내용이었다.

그리고 이학식이 강부총리를 자신이 밀었음을 시사하는

발언을 했다.

이는 매우 중요한 사안이었다.

강부총리는 94년 자동차산업의 중복 과잉투자를 우려한 관련 부처의 반대에도 불구하고 삼송차 공장의 부산유치에 앞장서 '친 삼송맨'으로 꼽히고 있는 자였다.

"작년 4월에 이들간의 대화가 오고간 후 삼송 금융계열사들은 기린차에 빌려준 대출금을 거둬들이기 시작했습니다. 그후 다른 금융사들 역시 불안한 나머지 뒤따라 대출금 회수에 나섰습니다. 어느 기업이 조기 대출금 회수의 공격에 무너지지 않겠습니까?"

진혁이 냉정한 투로 말했다.

"기일이 도래하지 않는 기린 어름을 돌리며 회수 작전에 들어가니 종금사들도 앞 다퉈서 걷어 들일 수 밖에 없습니다. 모두가 꼭두각시가 된 것입니다."

"다른 금융기관들이 기린그룹의 어음만 회수한 정황이 있소?"

차해철이 따지듯이 물었다.

"제가 그간 조사한 자료에 의하면 97년 가을까지는 거의 금융기관들이 오히려 기업체의 채무연장을 대부분 했습니다. 기린그룹만 빼고 말입니다. 정부의 지시가 있었겠죠. 대한민국의 모든 기업체들이 당면한 무리한 투자와 방만한 외부차입, 총체적인 경영실패는 사실 기린그룹만의 문제가 아닙니다. 오히려 삼송관련 금융기관들이 기린어름을 돌려서 회수하기 전까지는 다른 여타 그룹보다 재무구조가 탄탄한 편에 속했습니다. 이 정도면 삼송그룹 측의 책임이 막중하다고 느껴집니다."

진혁이 차분하게 말했다.

순간 회의실 안에는 정적이 감돌았다.

도청한 내용이 신문기사로 오른다면 대한민국은 다시 한 번 크게 흔들릴 것이다.

그것은 안 봐도 뻔한 일이었다.

더구나 지금 기린그룹을 살리기 위해서 국민들이 주식을 사고 있었다.

기린그룹이 어느 기업체나 한 사람에게 주식이 독점되어 있지 않는 그룹이다 보니 예로부터 국민들의 그룹으로 인정받고 있었기 때문이었다.

모두가 애정을 갖고 기린그룹의 주식을 사고 있었다.

물론 그런 노력들이 빛을 보기는 어렵다.

하지만 이 도청 내용이 터진다면?

지금 국민들 사이에 형성된 공감대를 더욱 자극하고 폭발시킬게 뻔했다.

가뜩이나 IMF 사태 이후, 대한민국의 여론은 정부 불신이 팽배해져 있다.

"흐음흠."

중앙일보 편집국장인 차해철이 한숨을 길게 쉬었다.

그의 머릿속은 복잡해져갔다.

만약 자신을 빼고 다른 신문사에서 이 도청 내용을 다룬다면.

중앙일보에 직격탄이 될 것은 뻔하다.

자신이 다루든 다루지 않든 말이었다.

그는 진혁을 쳐다보았다.

자신을 부른 의도를 알 것 같았다.

"차라리 매를 맞아라?"

차해철이 중얼거렸다.

"저희는 지금 인쇄에 들어갑니다. 여러분들도 충분히 저희와 같이 첫 기사를 낼 수 있습니다."

진혁이 담담한 어투로 말했다.

그의 말투에는 아무런 감정이 담겨져 있지 않았다.

보통 이런 초대박 기사는 먼저 터트리는 신문사가 승리한다.

그런데 그 기사를 함께 싣겠다는 진혁의 제안.

언뜻보면 이해가 되지 않는 일이었다.

하지만 이 자리에 모인 편집국장들이 어떤 사람들인가.

그들은 진혁의 의도를 이해하고 있었다.

"신설사라서 잘 부탁한다 이건가?"

이기호가 진혁의 의도를 알아채고는 먼저 말했다.

"그렇습니다. 이런 막중한 사안을 저희 혼자 다루기는 벅찬게 사실입니다."

진혁이 대답했다.

이기호가 고개를 끄덕였다.

중앙겨레측의 대표로 나온 진혁이 제대로 처신을 잘하고 있는 셈이었다.

이런 큰 내용을 만약 중앙겨레 측 혼자서 다뤘다면 향후 다른 신문사들의 견제가 심했을 지도 모른다.

더구나 자신들이 이 기사를 함께 싣는다면 공신력이 더욱 올라간다.

진혁이 노리는 것이 이 두 가지 전부인 셈이었다.

이기호는 앞으로 중앙겨레가 얼마나 성장할지 궁금해졌다.

"우리가 이 기사를 싣겠다고 할까?"

김상수가 빙그레 웃으면서 말했다.

"도청이 확실히 존재하니 싣지 않으시면 손해이겠죠."

진혁이 무덤덤한 어투로 말했다.

"그렇긴 하지."

김상수가 인정했다.

지금 카셋트에 흘러나온 목소리들은 절대로 변조가 아니다.

그들이 익히 들은 자들의 목소리였다.

"이런 것들을 안기부에서 도청한다는 것을 사람들이 공식적으로 알게 되는 건데 그 일은 어떻게 할 것인가?"

이기호가 진혁을 쳐다보면서 물었다.

그는 진혁에게 묻고 싶은 게 많다.

어떻게 이런 것들을 손에 넣을 수 있었는지 조차 말이었다.

향후 10여년이나 더 흘러야 안기부의 사정을 조사할 수 있는 그런 내용들이었기 때문이었다.

하지만 일단은 이 사안들을 어떻게 해결할 지가 우선이었다.

더구나 정보원의 비밀 보장은 신문기자로서 매우 중요하기 때문에 절대로 진혁이 입을 열리가 없다.

괜한 것에 힘을 뺄 필요가 없다.

직접적으로 알 수 없다면 다른 루트들을 총동원해서 알아내야 한다.

이기호나 여타 다른 편집국장들이 이 회의 후 제 각기 신문사에 돌아간다면 할 일이 태산처럼 많아지는 셈이었다.

신설 신문사가 한 일을 자신들은 해내지 못했기 때문이었다.

이는 신문사의 사활이 달린 셈이었다.

앞으로 중앙겨레가 어떤 기사를 터트릴지 모르기 때문이었다.

'차라리 공석에 들어가?'

이기호의 머릿속에는 처음 진혁이 내뱉은 말이 떠올랐다.

그 제서야 그는 진혁이 이 상황을 감안해서 한 말임을 알 수가 있었다.

절대 농담이 아니다.

진혁은 일부러 이 자리에 앉으면서 첫마디로 자신의 신문사 편집국장 자리가 공석이라는 것을 언질준 것이었다.

그리고 그것을 뻔히 알면서도 지금은 피라밋보다 작은 신설 중앙겨레의 편집국장이 무척 탐나보였다.

사람 마음은 참으로 간사한가 보다.

이기호는 자신도 모르게 그런 생각이 들어서 씁쓸한 미소가 입가에 서렸다.

한편으로는 진혁이 백전 노장인 자신들을 상대로 대처를 잘하고 있다고 인정할 수밖에 없었다.

아니 심지어는 농락당하는 기분마저 들었다.

"안기부의 도청은 공공연한 일입니다. 물론 개인 프라이버시의 자유나 헌법에서 인정하는 인권침해를 받은 것은 사실입니다. 하지만 굳이 이일을 공론할 필요는 이번 사안에는 없는 것 같습니다."

진혁이 딱 잘라 말했다.

"도청 문제는 다루지 말자는 뜻인가?"

차해철이 기분 나쁘다는 표정으로 말했다.

지금 회의실 안의 분위기는 진혁이 주도하고 있었다.

겨우 신설 신문사의 편집국장 대리인 주제 말이었다.

게다가 자신의 회사 사장이 연루된 일이다.

차해철로서는 기분이 좋지 않은 것은 당연했다.

여러모로 심기가 불편했다.

"또 다룰 만한 사안이 생기면 그때 여러분들과 공유하겠습니다."

진혁이 말했다.

"뭐?"

차해철의 언성이 다소 높아졌다.

순간 회의실 안은 다시 얼음장 같은 분위기로 변했다.

차해철의 얼굴은 시뻘겋게 달아올랐다.

자신의 신문사 사활이 걸려있는 문제였다.

그의 입장으로서는 중앙일보 사장의 도청내용 보다는 도청을 당한 정황을 더 크게 몰고 갔으면 하고 바랄 수 밖에 없었다.

지금 상황으로는 어쩔 수 없이 자신의 신문사 사장을 고발해야 하는 입장에 서있다.

즉, 사주에게 칼날을 겨누어야 한다.

하지만 그가 겨누지 못한다면 오히려 문제는 더 커질게 뻔하다.

신문사 존폐 위기까지도 갈 수가 있다.

암울한 대한민국의 분위기상 신문사의 역량이 도마대 위에 오를 수 있기 때문이었다.

그렇다면 차해철로서는 타개책이 바로 안기부.

안기부의 도청이었다.

여론을 그쪽으로 몰고 갈 수 있다.

차해철의 오랜 경험과 능력이면 가능하다.

이곳에 모인 여타 신문사 편집국장들도 그와 동조할 것이 뻔했다.

그런데 진혁은 도청 자체는 크게 다루고 싶어 하지 않았다.

이 부분이 차해철과 진혁이 첨예하게 다른 부분이었다.

차해철로서는 신문사 사측을 위기에서 구하려면 꼭 필요한 부분이었다.

그렇기 때문에 진혁의 태도가 몹시 마음에 들지 않았다.

처음부터 이 문제는 차해철로서는 거북스러운 것은 어쩔 수가 없다지만 해결해 나가는 방향 역시 그의 의도대로 흘러가고 있지 않았다.

백전노장인 그가 지금 새파란 애송이인, 신설사의 편집국장도 아닌 편집국장 대리에게 농락당하고 있는 기분이었다.

그로서는 진혁의 태도가 못마땅할 수 밖에 없었다.

게다가 안기부의 도청 내용을 진혁이 손에 넣었다는 점.

그 외에는 상당히 많은 정보를 가지고 있음을 시사하는 진혁의 발언.

차해철로서는 사면초가의 기분마저 들었다.

정보를 가진 자가.

그것도 고급 정보가 가진 자가 바로 이 세계에서는 왕인 셈이었다.

하지만 차해철로서는 심기가 불편할 수밖에 없었다.

게다가 함께 온 동앙일보 편집국장인 이기호와 조선일보 편집국장인 김상수의 태도도 문제였다.

그들은 정보를 지닌 진혁의 편에 어느새 서있었다.

하긴 그들이 중앙일보를 편들 이유가 없었다.

어차피 세 사람도 라이벌 관계였다.

다만 상황에 따라 동지가 되기도 하고, 여론의 확장선을 일정부분 의논하기도 하지만 기본적인 베이스는 어디까지나 여론이 어떻게 흘러가냐에 따라 달라졌다.

진혁은 차해철을 한번 스윽 보고는 말문을 열었다.

"안기부가 이번에 이들을 도청한 것은 명백한 이유가 있습니다. 전 강 총리께서 너무 드러나게 삼송그룹을 옹호하고 일을 벌이셨습니다."

진혁은 차해철의 태도는 신경을 쓰지 않고 차분한 어조로 말했다.

"강총리를 타겟으로 삼자는 뜻인가?"

차해철이 반문했다.

"그건 아니죠. 어디까지나 삼송그룹측의 지나친 기린차 인수야욕이 한 그룹을 부도시키는데 큰 일조를 했다는 겁니다."

진혁은 본래의 목적을 잊지 않았다.

자신이 이 일을 폭로함으로써 기린그룹의 이선홍 회장을 어디까지 구할 수 있을지는 운에 맡겨야 한다.

사람의 일이라는 게 새치 혀로나 증거로만 움직여지지는 않는다.

그래서 더욱 주도면밀하게 일을 벌여야 했다.

그가 알던, 귀환전의 대한민국에서는 이선홍 회장은 7년이나 구속되었다.

그것만은 확실하게 막자는 마음으로 진혁은 임했다.

그 이상 기린그룹에 좋은 일이 생기면 좋고 라는 심정으로 말이었다.

이 상황이 재계 1, 2위인 삼송그룹과 현세그룹을 적으로 두는 한이 있더라도 말이었다.

어차피 이 세계에 적이란 개념은 언제 바뀔지 모르는 일이었다.

"으음…"

차해철이 신음했다.

진혁의 의도를 정확하게 이해하고 있었다.

그는 삼송 그룹을 정면으로 마주서고 있는 것이었다.

"어차피 늘 부딪히는 딜레마 아닙니까?"

진혁이 차해철의 눈을 똑바로 쳐다보고 말했다.

"……."

순간 차해철은 아무런 말도 할 수가 없었다.

그에겐 매일 매일 수 없는 많은 정보들이 편집국으로 올라온다.

그 정보들 중엔 삼송그룹이나 중앙일보 관련이 없겠는가.

늘 골치 아픈 것들 중 하나가 바로 그런 것들이다.

아마 그것은 다른 편집국장들도 마찬가지일 것이다.

기자의 양심이라는 게 과연 어디까지 존재할까.

차해철은 자신의 머리를 꿰뚫어보는 것만 같은 진혁의 시선에 온몸이 일순 떨렸다.

알 수가 없었다.

지금 눈앞의 신설편집국 국장의 대리인으로 왔다는 애송이가 이처럼 거대한 존재였던가?

차해철은 자신이 한없이 왜소해지고 있다는 생각이 들었다.

"이 기사가 나간다면 청문회 당사자들이 달라지겠군."

김상수가 주변을 둘러보면서 말을 꺼냈다.

아무래도 차해철과 진혁의 기싸움이 끝났다는 것을 바로 알아챈 모양이었다.

진혁의 승리.

김상수의 말 한마디에 모두가 그 말에 고개를 끄덕였다.

차해철 까지 엉겁결에 말이었다.

이로서 상황은 진혁의 의도대로 정리된 듯했다.

"안기부 입장까지 자네가 정리한 것 같네."

김상수는 진혁을 보면서 말했다.

그는 진혁의 말 속에서 정확하게 의도를 파악하고 있었다.

진혁은 빙그레 미소를 띠었다.

확실히 국내 최고의 신문사 편집국장들이어서 그런지 머리회전하는 속도가 남달랐다.

굳이 그것을 입 밖에 꺼낼 필요도 없었다.

척하면 착할 정도로 찰떡같이 알아들었다.

진혁은 눈앞에 있는 세 사람의 편집국장들을 주의 깊게 살피는 것도 잊지 않았다.

이들 중 후일 중앙겨레 편집국장으로 적임자를 찾아야 하는 일도 그에게 있으니깐 말이었다.

아무래도 신설사인 만큼 편집국장만큼은 신문사에서 잔 뼈가 굵은 자로 스카웃해야 한다.

물론 이 세 사람이 중앙겨레 편집국장 자리에 얼마나 흥미가 있을지도 미지수였지만 말이었다.

"정리됐군."

차해철이 침울하게 말했다.

"삼송그룹측이 악의적으로 기업인수에 나섰다는 것으로 나가세. 안기부의 도청은 강 부총리 선에서 매듭짓고."

이기호가 맞장구를 쳤다.

"나머지는 여론에서 나오겠지."

김상수가 고개를 끄덕이면서 말했다.

이것이 전부는 아니다.

이들도 알고는 있었다.

IMF 사태를 불러왔느냐 하는 사안까지 이 문제는 자칫하면 대한민국 전역을 뜨겁게 태울 수도 있었다.

하지만 그것은 여론에 맡겨야 한다.

오로지 그 이상의 미래는 신만이 알고 계실 것이다.

진혁은 자신의 뜻대로 일이 진척되었음을 알고 빙그레 미소를 지었다.

하지만 한치의 방심도 있어서는 안 된다.

진혁은 순간 차해철과 허공에서 눈이 마주쳤다.

차해철의 원망스런 눈빛.

그리고 이내 담담해지는 눈빛을 보면서 고개를 끄덕였다.

자신의 회사에 돌을 던져야 하는 입장에 선 차해철이다. 하지만 종국의 모든 신문사들의 기자들이 갖는 딜레마일 수도 있다.

그 한계를 지금 진혁이 깨트리고 있는 것이었다.

그리고 차해철은 어쩔 수 없이 그것에 동조하는 셈이었다.

'이것으로 대한민국의 미래는 밝아질까?'

진혁은 회의실 밖으로 나서는 편집국장들의 뒷모습을 보면서 생각에 잠겼다.

그가 아는 대한민국.

언론이 무너지고 대기업에 의해서, 그리고 권력을 가진 자들에 의해서 여론몰이용 기사가 난무한 대한민국이 아닌가.

'지금부터 하나씩 깨자.'

진혁은 대한민국에 희망이 있음을 깨닫고 있었다.

그가 아는 미래가 절대로 펼쳐지게 두지 않을 것이었다.

자그마한 발자국 하나가 큰 역사를 이룰 수 있다.

그리고 진혁 그 자신이 그 자그마한 발자국 하나가 될 수 있음을 깨닫고 있었다.

단순히 파장을 일으키는 정도가 아니라.

미래를 바꾸는 힘.

미래를 바꾸는 데는 별것 없다.

하나씩 하나씩.

현실에 타협하지 않고 일어서는 것.

그것은 국가든 개인이든 마찬가지였다.

현실에 의해서 자그마한 하나를 무시하고 외면하고 돌아설 때.

바로 미래는 커다란 소용돌이가 되어 어느 순간에 국가든 개인이든.

잡아먹고 마는 것이었다.

그것을 빠져나오려면.

그 패러다임 속에서 나오기 위해서는 지금 이 순간 타협하지 않는 것.

있는 그대로 직시하는 것이었다.

왕따가 있는 반의 아이들은 자신이 왕따가 되기를 두려워한 나머지 왕따인 학생을 도와주지 않는다.

하지만 그 왕따가 울며 사라질 때.

그 다음 왕따는 누가 되겠는가?

그 다음 다음 왕따가 자신이 되지 않는다고 하더라도… 언젠간 그런 식으로 결국은 그 화살은 자신에게 돌아온다.

일어서려면 지금 이 순간에 일어서야 한다.

진혁은 카셋트에 손을 대었다.

다시 한 번 그들의 대화내용이 흘러나오고 있었다.

진혁은 묵묵하게 그것을 듣고 또 들었다.

※

타악!

배트에 공이 경쾌하게 맞아 쭉쭉 뻗어 나갔다.

공은 그대로 담장 가까이 날아갔다.

와아!

와!

순간 관중들의 함성 소리와 함께 모두가 날아가는 공에게 시선이 집중되었다.

외야수가 전속력으로 펜스 근처까지 뛰었다.

와아아!

홈런!

홈~~런!

끝내기 홈런!

외야수는 망연자실한 표정으로 펜스 너머를 쳐다보았다.

펜스 너머에 있던 관중들은 홈런 공을 받으려고 순간 아우성이 되었다.

와아악.

이동명은 두 팔을 번쩍 들었다.

그리고는 장내를 천천히 뛰었다.

우르르륵.

벤치 쪽에서 서울고 야구부원들이 전부 몰려 나왔다.

이것으로 서울고와 장충고의 청룡기 준결승전은 4:3으로 서울고가 이겼다.

이제 결승만이 남았다.

진혁이 없이 서울고 야구부원들 만의 힘으로 결승전까

지 올라온 셈이었다.

탁, 탁.

탁!

이동명이 홈베이스를 밟고 들어오자 야구부원들이 그의 헬멧을 치기 시작했다.

누구라고 할 것없이 모두가 기뻐하는 분위기였다.

"선배, 축하합니다!"

진혁이었다.

여태까지 코빼기도 보이지 않던 그가 어느새 벤치에서 이동명을 기다리고 있었다.

"이노마가 갑자기 사라지더니 다 끝나고 나니 불쑥 나타나네!"

감독인 서인석이 진혁을 보자 대뜸 소리 질렀다.

하지만 그의 표정은 기분 나빠서가 아니었다.

오히려 진혁의 의도를 잘 알고 있었다.

그간 진혁이 선수들을 위해서 얼마나 고생했는지 안다.

그간 진혁은 선수들이 자신에게 의지하지 않고 선수들 개개인의 역량을 보일 기회를 준 것이었다.

각자 고질적인 문제들을 보완하고 달라진 새로운 모습.

서로간의 똘똘 뭉쳐 매 경기마다 최선을 다하게 한 일.

올해 대통령배에서 서울고가 우승을 한 것은 단순히 최진혁이라는 걸출한 인재가 있어서가 아니라 서울고 야구부원들 모두의 승리라는 것을 이번 청룡기에서 똑똑히 증명이 되고 있었다.

만약 서울고 야구부가 최진혁이란 인물 하나로 우승했다고 평가받는다면 앞으로 대학이나 프로에서 입단 제의 등에 여러 가지 걸림돌이 될 게 뻔했다.

이번 청룡기에서 선수 개개인의 기량을 확실하게 보여주어야 그들의 장래도 밝았다.

이것이 진혁이 의도한 일.

서인석은 만약 서울고가 위급한 상황이었다면 진혁이 모습을 보였을 것이라고 생각했다.

그만큼 그는 진혁을 믿고 있었다.

그의 판단도 말이었다.

"고맙다."

이동명은 서인석 감독과 진혁을 한 번 쓰윽 보고는 웃었다.

진혁과 이동명.

두 사람은 잠시 허공에서 시선이 부딪혔다.

이동명이 헬멧을 벗고 진혁에게 고개를 숙였다.

그리고는 다시 한 번 진혁에게 말했다.

"고맙다."

진혁은 갑작스런 이동명의 태도에도 아무런 미동도 없었다.

진혁과 이동명은 나란히 서로를 바라보고 있었다.

남자 둘이서 호텔 방안에 마주앉아 있으려니 무안하기는 했다.

"선배, 좀 뻘쭘하지 않습니까?"

진혁이 웃으면서 말했다.

"그, 그렇긴 하지."

이동명이 하얀이를 드러내면서 웃었다.

"청문회가 잘 끝나서 다행입니다."

"네 덕이라는 거 안다."

이동명이 진혁을 응시하면서 말했다.

그 말에 진혁은 아무런 말도 하지 않았다.

어차피 자신이 한때 중앙개발투자사의 사장이었다는 것을 주변 지인들은 다 알고 있다.

물론 최근 회사가 그룹으로 승격하면서 진혁은 일선에서 물러났다는 것으로 알려져 있지만 말이다.

하지만 각 그룹들의 정보망을 완전히 피하기는 어려울 것이다.

진혁은 현재 중앙연예기획사의 사장 대리와 중앙겨레신문사의 편집국장 대리를 공식적으로 맡고 있는 이유가 그래서였다.

자신을 완전히 감추려면 오히려 더 드러날 수가 있다.

차라리 적당히 드러내는 것이 더 나을 수도 있었다.

"삼송그룹에서 난리가 났다."

이동명이 운을 뗐다.

진혁은 그 말에 빙그레 웃었다.

이미 모두가 아는 일이었다.

국내 국지의 신문사 3사와 중앙겨레가 폭탄처럼 투척한 도청 때문이었다.

그 내용으로 국민들은 분개하고 일어섰다.

기린그룹이 삼송그룹의 지나친 인수 작전 때문에 무너졌다는 여론이 전체적인 분위기였다.

그로 인해서 기린그룹 이선홍 회장을 청문회에 세우려는 일은 방향이 전혀 달라졌다.

오히려 도청당한 당사자인 중앙일보사 사장과 삼송그룹 비서실장, 그리고 전 강 부총리가 청문회에 세워졌다.

이선홍 회장은 그들에 대한 증인으로 등장했다.

그리고 지금 대한민국은 기린그룹의 분해를 막아야 한다는 여론이 팽배하다.

그 책임을 삼송그룹이 지고 배상해주어야 한다는 식이었다.

그만큼 여론은 기린그룹 측을 완전히 손들어 주고 있었다.

다시 이선홍 회장이 기린그룹의 회장으로 재취임하는
이례적인 일도 생겼다.

"네가 중앙겨레 편집국장 대리인이라는 것도 안다."

이동명이 미소를 지면서 말했다.

"아."

진혁은 일부러 짧은 감탄사를 냈다.

어차피 이번 일을 벌인 배후가 자신이라는 것을 굳이 이
동명에게 숨길 이유는 없었다.

이동명 같은 자라면 진혁의 측근으로 삼을 만한 자였으
니 말이었다.

"아버지께서 진심으로 고마워한다. 너에게 직접 와서
인사를 건네고 싶어 하셨지만 오히려 그것이 민폐가 될까
봐서 나에게 전해달라고 하셨다."

이동명이 미안한 표정을 지으면서 말했다.

"잘 알고 있습니다."

진혁이 싱긋 웃었다.

"어떻게 이 은혜를 내가 갚아야 할까?"

이동명이 진지한 얼굴로 진혁을 쳐다보았다.

"갚아줄 방법은 많습니다."

진혁이 말했다.

"어, 어떻게?"

이동명이 궁금한 표정을 지었다.

"너무 서두르지 마십시오. 앞으로 은혜 갚을 기회는 얼마든지 드릴 겁니다."

진혁은 그렇게 말하고는 진심으로 환한 표정을 지었다.

기린그룹에 관련된 일이 그의 의도대로 잘 흘러갔다.

이선홍 회장이 회장으로 재 취임되는 일까지 생겼으니 말이었다.

귀환 전 그가 알던 미래는 달라졌다.

진혁은 진심으로 대한민국의 미래가 궁금해졌다.

시공간의 균열에서 펼쳐진 미래와 또 지금 기린그룹의 운명으로 달라진 미래.

이런 미래들이 어떻게 정리가 될까.

진혁은 눈을 들어 호텔 창밖을 쳐다보았다.

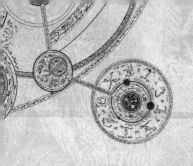

Return of the Meister

NEO MODERN FANTASY STORY

5. 음모의 끝

5. 음모의 끝

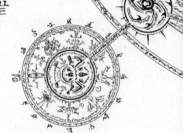

쾅!

"중앙겨레 편집장 대리?"

삼송그룹 총비서실장인 이학식은 화가 날대로 났다.

자신과 중앙일보사 사장인 홍민현이 단단히 경을 치고 있기 때문이었다.

이게 다 도청이 흘러나갔기 때문이었다.

물론 안기부에서 자신들을 도청하리라고는 생각지도 못했다.

"니그들! 일을 어떻게 하는 거야!"

이학식은 경호원들과 수하의 비서들을 불러모아놓고 다그치고 있었다.

"죄송합니다."

"……."

다들 고개를 푹 숙이고 있었다.

"총수님까지 소환된 게 누구 탓 인줄 알아?"

이학식은 아직도 분이 안 풀리는지 씩씩 거렸다.

그렇다.

신문사들이 터트린 기사 한 방에.

대 삼송그룹의 이미지가 추락했다.

심지어 난공불락인 삼송그룹의 오너인 총수까지도 국회 청문회에 소환되었다.

이 문제를 해결하는 데는 단순히 돈뿐이 아니라 시간도 필요할 것이다.

국민 정서를 건드린 민감한 사안이기 때문이었다.

"편집국장에게 연락해서 안기부 쪽으로 가라고 해."

이학식은 씩씩대면서 수하의 비서에게 턱짓으로 지시 했다.

그렇지만 지시를 받은 비서의 입장에서는 난처한 듯이 우물쭈물하고만 있었다.

"뭐해!"

이학식이 소리를 질렀다.

"저, 그게……."

지시를 받은 비서는 이러지도 저러지도 못하는 좌불안

석이 된 상태였다.

"말해!"

이학식은 뭔가 일이 크게 잘못 흐르고 있다는 것을 직감했다.

"이미 차해철 국장에게 연락을 넣었습니다."

"그런데?"

이학식의 목소리가 살짝 떨려왔다.

"아무래도 지금 여론상 안기부까지 갔다가는 더 헤어나오지 못한다고 저희 선에서 매듭짓는 게 낫다고…"

"뭐, 뭐…어!"

이학식의 눈이 동그래졌다.

차해철이 그런 말을 하다니.

겨우 자회사 중앙일보의 편집국장인 주제에.

더구나 이런 사태를 앞두고 미리 언질도 안하고 바로 기사로 때렸던 장본인 아닌가.

그룹 측에서 어떻게 손 쓸 시간도 없이 말이다.

그런 차해철이 뻔뻔하게 나오다니.

이학식으로서는 기가 막혔다.

"그 자식이 앞뒤 분간을 못하는군."

이학식이 열 받은 표정으로 말했다.

"저어…."

다른 비서가 총비서실장인 이학식의 눈치를 보면서 말

했다.

"뭐야!"

이학식은 짜증난다는 표정을 지었다.

"아무래도 차해철 국장의 판단이 틀린 것은 아닐 듯 합니다."

"뭐이라!"

이학식이 분노를 터트렸다.

"……."

순간 총비서실장 사무실은 정적에 휩싸였다.

다들 이학식의 눈치만 보았다.

하지만 그간 모은 정보와 차해철이 언급해준 사항만으로 보자면 어쩔 도리가 없었다.

일을 더 크게 만들어서 괜히 정부까지도 적으로 만들 필요가 없었다.

이번은 정부를 대신해서 삼송 그룹이 한번 여론의 뭇매를 맞고 지나가야 한다는 것이 비서진들의 의견이었다.

정작 당사자인 총비서실장 이학식의 입장에서는 그것이 탐탐치 않을 게다.

여차하면 구속감이다.

기린그룹의 회장인 이선홍을 그렇게 몰고 가려고 했던 것처럼.

오히려 자신이 그 꼴이 날 판국이었다.

그러니 이학식의 입장에서는 어떻게 서든지 삼송그룹의 힘으로 밀고나가려고 할 것이 뻔했다.

"도움도 안 되는 놈들!"

이학식은 분노로 목소리마저 떨렸다.

이미 다른 비서들의 생각은 읽고도 남았다.

'나하고 홍민현을 희생자로 삼겠다 이거지.'

이학식은 입술을 파르르 떨면서 생각했다.

절대로 그럴 수는 없다.

이대로 말이다.

그는 한 사람을 떠올렸다.

'아무래도 방문 드려야겠군.'

이학식은 아직까지 삼송그룹의 총비서실장이다.

이 자리가 언제 나가떨어질지.

구속까지 이어질지 모른다.

손을 쓰려면 지금 써야 한다.

'두고 봐라.'

이학식은 중앙겨레의 새파란 편집국장 대리라는 작자의 사진을 떠올렸다.

어이가 없다.

그런 풋내기에게.

이대로 당할 그가 아니었다.

"간사한 여우 한 마리 잡아넣어야겠습니다."

이학식은 고개를 조아리면서도 급한 마음에 용건을 꺼내들었다.

"흥, 삼송그룹의 총비서실장쯤이면 이 사람이 눈에 안 보인단 말입니까?"

안순자는 그런 이학식을 깔보듯이 말했다.

한때 나는 새도 떨어트린다는 권력자 중의 권력자의 아내였다.

그때만 해도 자신에게 고개조차 들지 못하던 자다.

그런 자가 이제는 자신을 보고도 제대로 된 인사는커녕 지 볼일만 보려고 한다.

안순자 입장에서는 그런 이학식이 못마땅한 것은 당연했다.

"죄, 죄송합니다. 워낙 급한 마음에."

이학식은 순간 자신이 실수했음을 깨달았다.

그전 같으면 이런 사소한 실수를 할 리가 없다.

그런데 마음이 급하다.

급하다보니 자꾸 일이 꼬인다.

그 자신의 행동도 말이었다.

"급할수록 돌아가라고 하지 않습니까?"

안순자가 코웃음을 치면서 말했다.

"제가 큰 실수를 저질렀습니다."

이학식이 안순자 앞에서 쩔쩔 맸다.

지금 그를 도울 수 있는 사람은 안순자 밖에 없다.

청문회에 그 자신뿐 아니라 삼송그룹의 총수까지 서게 되면 말이었다.

적어도 국회의원들의 배후에 큰 입김을 작용해줄 사람은 안순자의 남편, 전 대통령 전세환 밖에는 없었다.

"기사를 제공한 자가 중앙겨레?"

안순자는 이학식의 쩔쩔매는 태도가 마음에 들었다.

그래서 방금의 일은 잊기로 했다.

"그렇습니다. 국내 굴지의 신문 3사를 불러놓고 흥정을 했다고 들었습니다."

"영악하군요."

"정말 여우가 따로 없습니다."

이학식은 아직도 분이 안 풀리는지 씩씩 거렸다.

"안기부 도청 쪽은 안 건드리길 잘했습니다."

안순자가 이학식을 보면서 무덤덤하게 말했다.

"……"

이학식은 순간 멍했다.

믿었던 안순자 마저 자신을 돕지 않으면 어떻게 될까 생각하니 아찔했다.

안순자의 입가에서 빙그레 미소가 걸렸다.

이학식의 속은 뻔히 알고 있는 그녀였다.

"이미 알고 계실 텐데요? 대 삼송그룹의 비서진들이 그리 무능하지는 않을 텐데."

안순자가 그렇게 말하면서 찻잔을 들어올렸다.

"그, 그렇긴 하지만…."

이학식이 진땀을 뺐다.

"괜히 안기부가 도청하는 걸 걸고 넘어지면 어차피 다시 화살은 삼송에게 돌아갈 겁니다."

안순자가 차분한 어조로 말했다.

확실히 정. 재계를 주무르는 여인네다웠다.

그녀의 남편이 대통령이 된 것은 단순히 운이나 그의 실력이 출중해서가 아니다.

안순자의 내조.

그 내조가 타의 추종을 불허할 정도로 뛰어나기 때문이었다.

거의 모든 정. 재계를 실질적으로 주무르고 있는 그녀였다.

이학식이 그런 이유에서 안순자에게 달려온 것이었다.

"만약 안기부에게 도청 문제로 딴지를 건다면 그쪽도 강 부총리와 삼송간의 관계를 들어 대처해 나올 겁니다. 국가안보상 필요한 조치라고 한다면."

안순자가 단호하게 말했다.

"그렇지만 그게 꼭 국민들에게…."

탁!

안순자가 순간 찻상을 손바닥으로 쳤다.

"참 답답한 양반입니다. 지금 여론이 누구편입니까? 국민의 여론이 기린에게 돌아가 있는데. 안기부가 그쪽 편을 들고 나온 거라면 어쩌하려고 그러십니까!"

"죄, 죄송합니다. 제가 거기까지는…."

이학식이 안순자 앞에서 쩔쩔매었다.

"한심한 사람. 자기 목숨 때문에 큰 그림을 놓치고 있다니."

안순자는 이학식을 경멸하듯이 쳐다보았다.

이학식은 얼굴이 화끈거렸다.

예전 같으면 발끈하고 나섰을 것이다.

하지만 지금은 자신의 신변안전이 최우선인 상황이었다. 그러다보니 모든 게 예전처럼 넓게 보이지 않는 것은 사실이었다.

"그룹을 위해서 당신 선에서 매듭지어야 합니다."

안순자가 단호하게 말했다.

"제… 제선에서요?"

이학식의 얼굴이 빨개졌다.

"그러면 또 누가 있습니까? 홍민현?"

"저……."

"홍민현은 살아야지요. 앞길이 구만리 같은 앤데."

안순자가 이학식을 뻔히 쳐다보면서 말했다.

'이런 제길.'

이학식은 순간 자신이 중앙일보사 사장인 홍민현 보다 뒤늦게 안순자를 찾아왔다는 것을 깨달았다.

이미 홍민현이 선수를 친 셈이었다.

청문회 결과 홍민현이나 이학식 둘 다를 구속할 수는 없다.

워낙 사안이 민감한데 둘 다 쳐 넣으면 일은 더 크게 걷 잡을 수가 없다.

물론 국민 정서상 둘을 전부 처넣어도 만족스럽지가 않다.

하지만 권력자들 입장에서는 둘이나 들어가면 문제가 더 커진다.

사안이 크다는 것을 자신들의 입으로 시인하는 셈이다.

적당한 타협.

그게 필요했다.

그렇다면 회사의 경영진보다는 비서 같은 사람이 딱이다.

물론 중앙일보사 사장인 홍민현의 지위가 삼송그룹의 총비서실장인 이학식 보다 높지는 않다.

하지만 오너라는 면에서 홍민현의 가치가 더 높았다.

"저어, 여사님."

이학식이 안순자의 눈치를 보았다.

"안기부 쪽은 걸고 넘어지지 않겠습니다. 제발 살려주십시오."

이학식은 안순자에게 매달렸다.

"누가 죽인답니까?"

안순자가 그런 이학식을 안쓰럽다는 눈빛으로 보았다.

"제가 홍민현을 이뻐해서 그를 건지겠다는 게 아닙니다. 이미 잘 아시겠지만, 오너가 한 명 잡혀 들어가면 다음 오너가 잡혀 들어가는 것은 별 문제 아닙니다. 그러니 삼송그룹을 위해서 잠시 혼자만의 시간을 가지세요."

안순자가 조용히, 그러나 이학식을 달래듯이 말했다.

"정녕 다른 방법이 없겠습니까?"

"있으면 벌써 제시했을 겁니다."

안순자가 조용히 말했다.

"……."

이학식은 모든 끈이 끊어졌음을 직감했다.

이미 권력자들은, 이미 이들은 마무리 지었다.

이 사태를 어떤 선에서 끝내야 할지.

그리고 그 끝에는 자신이 있었다.

"딱 7년이면 될 겁니다."

안순자가 말했다.

"대신 복수는 해드립니다."

"복수요?"

이학식의 눈이 번쩍 떴다.

"우리를 이렇게 몰고 간 자 말입니다. 그냥 두실 생각은
없지 않습니까?"

안순자의 눈빛이 비릿해졌다.

과연 여장부다웠다.

"그렇습니다."

이학식이 고개를 끄덕였다.

"피라미 한 마리가 들어와서 대한민국을 휘젓고 있는데
보고만 있지는 않을 겁니다."

"감, 감사합니다."

안순자의 말에 이학식이 고개를 조아렸다.

어차피 결론은 끝났다.

자신이 잡혀 들어가는 대신 자신이나 가족들에게 보상
은 충분히 올 것이다.

대 삼송 그룹이니 말이었다.

그리고 중앙겨레의 그 놈을 절대로 이들이 두고 보지는
않으리라.

이학식은 순간 앓던 이가 쑤욱 빠지는 기분이 들었다.

조마조마하던 일이 결정 나는 순간.

체념하면 모든 일이 편하게 느껴진다고 하지 않았던가.

이학식의 심정이 그랬다.

❖

진혁은 그룹 산하에 있는 사장 및 임원진들을 전부 불러 모았다.

모두가 조용히 진혁의 말에 귀를 기울였다.

요지는 중앙겨레에서 이번에 터트린 사건 때문이었다.

"절대로 우리 그룹을 가만두지는 않을 겁니다."

진혁이 나지막하게 말했다.

하지만 그 내용은 매우 심각한 것이었다.

백군상이나 박정원이나….

그 자리에 모인 사장뿐만 아니라 임원진들의 표정도 썩 밝지는 않았다.

하지만 그 누구도 진혁에게 왜 그런 일을 터트렸냐고 항의하지는 않았다.

그만큼 진혁에 대한 신뢰가 깊었기 때문이었다.

진혁의 속은 아무도 모른다.

그러나 진혁은 한치 앞을 예측할 수 없는 미래를 보면서 지금까지 회사를 최단기로 성장시켰다.

"언젠간 일어날 일이기도 합니다."

진혁은 그렇게 말하면서 주위의 임원진들을 보았다.

"그렇습니다. 저희 그룹이 이렇게 최단기간에 성장을 했기 때문에 곱지 않은 시선들이 많습니다."

박정원이 진혁의 말에 맞장구를 치고 나왔다.

다들 고개를 끄덕였다.

"심지어 IMF그룹이라는 말도 있습니다."

백군상이 자신도 무안하다는 듯이 말했다.

사실 아주 틀린 말도 아니었다.

회사가 초고속 성장을 한 밑바탕에는 과거 IMF로 인해서 경제가 흔들릴 때 자신과 진혁이 외환투기로 많은 돈을 벌어들이지 않았던가.

그 돈의 대부분을 진혁이 대박식당 등 여러 가지로 자선을 했다고는 하지만 그 불명예는 어쩔 수가 없었다.

진혁도 그것을 인정하고 있었다.

하지만 반드시 그룹이 성장한데는 꼭 그런 것만은 아니었다.

정확하게 시대의 흐름을 읽었기 때문이었다.

다 진혁 덕분이었다.

정보통신의 성장.

인터넷의 발달.

전자상거래의 발달 등을 예측하고, 한때 거품으로 사라졌을 지도 모르는 벤처기업들을 살려 냈다.

벤처기업들의 무작위적인 기업운영을 중단시키고, 제대

로 된 기업운영을 도왔다.

그 덕에 진혁이 알던 귀환 전 대한민국에서 벌어진 대폭락하는 벤처 기업들이 아니라 계속해서 떠오르는 벤처기업으로 성장했다.

그만큼 대한민국이 IT강국으로 성장할 수가 있는 원동력이 되었다.

과거 귀환전의 대한민국보다 10년 정도는 더 빨리 성장할 수 있도록 만든 셈이었다.

"이유가 어쨌든 간에 각 회사들은 예전보다 더 세무나 회계 관리에 만전을 기하셨으면 합니다."

진혁이 말했다.

모두가 고개를 끄덕였다.

진혁은 곧 중앙그룹으로 보복성 세무조사가 나올 것이라고 예측했다.

그리고 그 예측은 틀리지 않았다.

진혁의 예측대로 일이 벌어졌다.

검찰 측과 세무서에서 동시에 중앙그룹을 급습한 것이었다.

중앙투자는 물론이고 중앙개발, 중앙연예기획 뿐만 아니라 중앙겨레신문사까지 말이었다.

"비켜!"

검찰 측에서 나온 자들은 고압적인 태도로 시종일관 중앙그룹의 모든 부서를 돌아다니면서 자료를 챙겼다.

이미 사전에 만반의 준비를 한 중앙그룹의 직원들은 그런 검찰 측의 자세가 아니꼽기는 했다.

하지만 그들은 묵묵하게 검찰 측과 세무서의 조사에 협조를 했다.

털어서 먼지 안 나는 사람이 있을까.

특히 세무조사의 경우, 트집을 잡으려면 얼마든지 잡을 수가 있었다.

진혁이 염려하는 부분도 그 부분이었다.

하지만 거기까지는 어쩔 수가 없다.

그렇다고 중앙그룹이 바로 손을 놓은 것은 아니었다.

중앙겨레신문사에서 안기부 도청 관련 정보를 제공받았던 동아일보와 조선일보가 대대적으로 이번 검찰 측과 세무서의 태도에 대해서 보도를 했기 때문이었다.

중앙그룹을 와해시키려는 작전이라고 말이었다.

보도가 나가자 중앙그룹의 본사가 있는 을지로 쪽은 대혼란이 일어났다.

중앙겨레 신문사가 최초 안기부 도청을 터트렸다는 것은 대한민국 사람이라면 다 아는 일이었다.

동아일보와 조선일보까지 가세하니 그 여파는 더욱 커졌다.

상황이 전혀 다른 양상을 보이고 있었다.

심지어는 근방에 근무하고 있는 넥타이부대들이 중앙그룹의 본사 앞으로 몰려와 시위까지 하는 상황이 되었다.

그뿐이 아니다.

이번 일을 터트린 중앙겨레신문사의 편집대리인의 가족이 강남에서 대박고기집 식당을 하고 있다는 소식까지 알려졌다.

평소 대박고기집 식당의 선행은 익히 잘 알려진 바였다.

한두 번으로 선행을 하는 식당들은 있으나 이렇게 꾸준히 계속해서 점심시간에 500원에 국밥을 제공하는 식당은 없었다.

만원이나 받아도 될법한 질 좋은 고기를 듬뿍 얹은 국밥을 말이었다.

그 소식이 알려 지자마자 이제는 명동이나 을지로 근방에 근무하고 있는 넥타이 부대뿐만 아니라 강남 쪽에 일하거나 배회하는 자들도 올라오기 시작했다.

검찰 측의 인원이 제대로 건물 안으로 진입하기도 어려운 상황이었다.

진혁이 따로 손을 쓰지 않아도 오히려 여론은 중앙그룹을 살리자는 자발적인 붐이 일어났다.

일이 이쯤 되고 보니 검찰 측은 당황하기 시작했다.

"도대체 이게 어떻게 된 일이지?"

이번 중앙그룹의 조사를 책임지고 맡은 반무영 부장검사는 여론의 악화에 몹시 당황한 듯 싶었다.

"……."

주변 검사들은 꿀먹은 벙어리모양 입을 다물었다.

괜히 불똥이라도 튀면 곤란하다.

반무영 부장검사가 상황을 몰라서 저러는 것은 아닐터였다.

그렇다고 계속 침묵할 수는 없었다.

"어떻게 할까요?"

검사 들 중 제일 연장자인 안철석이 반무영의 눈치를 보면서 물었다.

"어떻게 하긴. 예정대로 진행해야지."

"아직까지 나오는 게 없는데."

안철석이 곤란한 표정을 지었다.

"세무서측에서도 없데?"

반무영이 안철석을 보면서 물었다.

"그쪽도 아직까지는……."

안철석이 다른 검사를 보면서 말했다.

"할 말이 뭔데?"

반무영은 안철석이 쳐다보고 있는 검사를 보면서 말했다.

"사실…"

김수인 검사는 부장검사인 반무영이 노려보듯이 쳐다보

자 약간 당황한 빛을 띠었다.

하지만 할 말은 해야겠다고 다짐했다.

좀 전에도 안철석에게 한번 한 말이었다.

"몇몇 벤처기업들은 중앙그룹이 손대기 전에는 엉망진창이었습니다. 오히려 중앙그룹이 그들의 재무구조를 바꾸고 탄탄하게 서도록 도왔습니다. 그리고 중앙그룹의 자회사는 아니지만 몇몇 벤처기업들로부터 연락이 왔습니다."

"뭐라고?"

반무영이 궁금한 표정을 지었다.

"사실 이런 일에 끼어드는 것 자체가 벤처기업들에겐 큰 악영향을 끼칠 수도 있는데도 불구하고…."

김수인 검사가 감동받은 표정을 지으면서 말했다.

반무영은 그 모습이 몹시 거슬렸다.

"벤처기업들이 처음 설립한 후에는 한동안 경영운영이 미숙해서 엉망진창이었다고 합니다. 그것을 중앙겨레신문사의 편집장 대리인이 많이 도와주었다고 합니다. 그 덕에 벤처기업들이 살아날 수 있었다고. 만약 그 자의 도움이 없었다면……."

"……."

반무영은 자신도 모르게 고개를 끄덕였다.

그런 반무영의 태도에 안철석도 용기를 얻었는지 한마디 했다.

"세무서 측에서는 정상적인 루트로는 도저히 꼬리를 잡기 어렵다고 합니다. 일단 시간끌기와 회계처리 방법에 대해서 꼬투리를 잡지 않는다면… 다른 방법이 없다고까지 합니다."

"뭐라? 그렇게 단시일 내에 대답을 할 수가 있어?"

반무영은 안철석의 말에 오히려 의아해했다.

"일단 현재 상황은 그렇다고 합니다. 좀 더 깊이 들어가려면 시간이 필요하다고 합니다."

"당장 처리……."

반무영은 그렇게 입을 떼다가 부하 검사들을 쳐다보았다.

그들은 모두 중앙그룹에 대한 처리를 원치 않고 있다는 것이 역력하게 보였다.

"니들, 거기에 뭐 받았어?"

반무영이 자기도 모르게 소리 질렀다.

"아닌 거 아시잖습니까?"

김수인이 항명하듯이 말했다.

"벤처기업들이 자신들의 사활을 걸고 중앙그룹을 옹호하고 편집장 대리인을 옹호하고 나섰습니다. 이런 전례는 대한민국 역사상 전혀 없습니다. 심지어 중앙그룹 본사 앞에는 수많은 사람들이 검찰 측의 행동을 정치적 보복이라면서 시위를 벌이고 있습니다. 우리 모두는 그들이 자발적으로 벌인 것이라는 걸 알고 있습니다. 부장검사님, 꼭 이렇게 하셔야 하겠습니까?"

"……"

"……"

김수인의 말에 반무영 뿐만 아니라 다른 검사들도 할 말을 잃었다.

반무영을 빼고 본다면 다른 검사들은 모두 속이 다 후련했다.

여태 이런 그룹을 본 적이 없다.

초단시일 내에 고속성장을 해서 허점이 많을 줄 알았다.

그런데 조사를 해보고 나니 아니었다.

오히려 상을 받아도 마땅할 그룹이었다.

"부장검사님, 지금 시민들이 계속해서 중앙그룹 본사 앞으로 밀려들어오고 있다는 보고도 있습니다."

"그들이 왜…"

반무영은 안철석의 보고에 질문을 하려다 할 말을 잃었다.

모르는 바가 아니다.

그 자신도 이런 조사에 이골이 난 사람 아닌가.

장부를 보는 순간에 알 수가 있다.

얼마나 그 회사가 썩었는지 말이었다.

그런데 중앙그룹은 그룹 뿐만 아니라 자회사 전부가 건실하고 탄탄한 재정과 재무구조를 가지고 있다.

오히려 사회에 이바지 하는 면이 컸다.

장학재단의 설립이나 그 역할이 유산상속 등을 빼돌리기 위한 목적이 아니었다.

정의로운 사회를 구현한다는 중앙그룹의 모토답게 모든 일을 작은 것부터 큰일까지 그렇게 진행하고 있었다.

그 자신도 할 수만 있다면 중앙그룹의 일에 손을 떼고 싶었다.

"일단 지금 압수한 장부들은 계속 조사해. 다른 지시가 있을 때까지 다른 행동은 말고."

반무영은 어쩔 수 없다는 듯이 부하검사들에게 내뱉듯이 한마디 하고는 부장실을 나섰다.

아무래도 만나봐야겠다.

반무영의 말에 검사들의 표정이 밝아졌다.

❖

안순자는 안기부 부장인 오국현과 마주대하고 있었다.

"무례하게 날 이리로 오게 하다니?"

안순자가 안기부의 회의실에 앉아 불쾌하다는 듯이 말했다.

"심문실이 아닌 것을 감사하게 여겨야 할 겁니다."

오국현은 그런 안순자의 태도에 아랑곳하지 않고 반문

했다.

"심문실?"

"몇몇 국회의원들의 진술이 있었습니다."

오국현이 한쪽 다리를 다른 쪽 다리위에 올리면서 말했다.

그 태도만으로도 안순자의 비위를 단단히 거슬렀다.

오국현이 작정을 한 모양이었다.

"네 놈이 감히 나를 대적해?"

"제가 그런 것은 아닙니다."

오국현이 침착하게 말했다.

"그러면?"

안순자의 눈이 커져갔다.

"들어오시지요."

오국현이 문 쪽을 대고 말했다.

벌컥.

그러자 진혁이 안순자와 오국현이 있는 회의실 안으로 들어섰다.

안순자는 진혁을 알아보았다.

신여인이 뒤처리 좀 해달라고 신신당부했던 놈.

중앙겨레 편집국장 대리인 놈.

모든 사태가 이 놈의 머리에서 나왔다.

안순자와는 딱히 연관이 없다고는 해도 이제는 되돌아

갈 수 없는 강을 건넌 셈이다.

그간 정.재계를 주무르면 그녀다.

그런 그녀에게 난공불락의 적이 나타난 것이다.

안순자는 진혁의 얼굴을 보자마자 알아차렸다.

쉽지 않은 상대다.

단순히 애송이가 아니다 라는 것을, 그녀의 오랜 관론으로 알아차렸다.

"어린놈이!"

안순자는 선기를 잡기 위해서 일부러 진혁을 향해서 분기를 터트렸다.

착.

진혁은 그런 안순자의 태도에는 아랑곳 하지 않고 그녀의 마주 편 의자에 조용히 앉았다.

"최진혁이라고 합니다."

"흥."

안순자는 코웃음을 쳤다.

이제와서 자신에게 잘 보이려는 의도인 듯 싶지만 어림도 없다는 태도였다.

"중앙그룹만 믿고 너무 설쳤다는 거 아시는가?"

안순자가 진혁에게 조언하듯이 한마디 했다.

"안 그래도 매사 조심하고 있었습니다."

진혁은 겸손한 자세로 말했다.

"조심하는 자가 잠자는 사자의 코털을 건드려?"

안순자가 비웃는 듯이 말했다.

"진정한 정의를 드러낸 것 뿐입니다."

진혁은 차분한 어조로 받아쳤다.

"진정한 정의?"

안순자가 기가 막히다는 표정을 지었다.

"한 그룹이 공중분해 될 뻔했습니다. 지금도 충분히 위기입니다."

"기린그룹 편인가 보지?"

안순자가 진혁의 말에 빈정거리듯이 말했다.

"누구의 편이 아닙니다. 그룹이 방만한 경영으로 인해서 역사 속에서 사라진다면 그것은 당연한 것이라고 봅니다. 하지만 이런 식으로 한 그룹이 공중분해 되는 것은 용납 못합니다."

"어린 것."

안순자는 그런 진혁을 못마땅하게 보았다.

"제가 아직 어려서 그런 것 같습니다."

진혁은 안순자의 말에 솔직하게 인정했다.

"세상은 네가 생각하는 것처럼 단순하고 순진하지 않아. 지금 대한민국의 국민들이 네 편을 들어준다고 언제까지 네 편일 것 같지? 여론이란 끓어오르는 쉬운 만큼 가라앉기도 쉽지."

안순자가 말했다.

"알고 있습니다."

진혁은 고개를 끄덕였다.

"기린그룹? 흥. 기린그룹 말고 역사 속에서 사라진 모든 회사들이나 그룹이 많은데. 그들을 다 구할 텐가?"

안순자가 비꼬듯이 말했다.

"물론 다 구할 수 있을지 없을지는 모르겠습니다."

진혁은 연신 고개를 끄덕였다.

안순자는 그런 진혁의 태도에 살짝 분기가 누그러졌다.

일단 진혁의 태도가 자신을 얕잡아 보는 것은 아니란 것을 알았다.

"제가 아직 더 배워야 할 게 많다는 것을 압니다. 하지만 한 그룹의 오너가 자신이 벌인 일이 아닌 것으로 법의 심판을 받게 되는 것만큼은 막고 싶었습니다. 저에게 있어서 사회정의란 무엇인지 그 의미가 너무 넓어서 잘 이해 못할 수도 있습니다. 하지만 제가 할 수 있는 선에서 하나씩 하나씩 그 정의를 실현하고 싶었을 뿐입니다."

진혁은 담담한 어조로 자신의 심정을 말했다.

"……."

안순자는 진혁의 말에 자신도 모르게 고개를 끄덕였다.

진혁이 그랬던 것처럼 말이었다.

하지만 진혁을 이대로 놔두어서는 안 된다는 것이 그녀

의 결정이었다.

음지가 있어야 양지가 있다.

자신이나 남편이 실권을 잡을 수 있는 것도 바로 이런 음지를 움직이는 권력과 금력이 있기 때문이었다.

그런데 눈앞의 이 애송이는 그런 음지를 쳐내고 있다.

아직 어린 싹일 때 반드시 잘라야 한다.

그것이 안순자의 결론이었다.

진혁은 그런 안순자의 마음을 아는지 모르는지 가만히 있었다.

오국현은 그런 안순자와 진혁을 바라만 볼뿐이었다.

오늘은 이 두 사람이 결판을 내야 한다.

"안됐지만 조용히 꺼져."

안순자가 진혁에게 한마디 내뱉었다.

진혁은 안순자의 말에 오히려 빙그레 웃었다.

안순자는 그런 진혁의 태도에 의아한 표정을 지었다.

좋지 않은 기분이 들었다.

"전직 영부인으로서 국회의원들에게 압력을 넣은 것 까지는 좋습니다."

진혁은 무섭도록 차분한 어조로 말했다.

"아마 그것도 무시할 수 없겠지만, 검찰까지 움직이신 것은 도가 넘었습니다."

"뭐라고?"

안순자가 화가 난 듯이 소리 질렀다.

"모든 대화내용은 다 여기 있습니다."

진혁이 양복안주머니에 들어있는 테이프 몇 개를 꺼내었다.

"이런, 어린 자식이!"

안순자가 순간 손을 들어 진혁의 뺨을 향했다.

탁.

진혁은 그런 안순자의 손목을 잡았다.

"제가 순순히 맞아줄 것이라고 생각하면 오산입니다."

"안기부가 개입했지!"

안순자가 열 받아서 오국현에게 소리 질렀다.

"죄송하지만 저희가 전직 대통령과 영부인에게 신경 쓸 인재와 시간이 없어서…."

오국현이 어깨를 으쓱대면서 말했다.

진혁은 안순자를 쳐다보면서 재차 말했다.

"이학식 외에도 여러 사람들에게 돈을 받으셨던 걸 압니다. 그리고 그 돈이 지금 대한민국이 아닌 다른 섬나라에 은닉되어있다는 것도요."

진혁이 나지막하게 말했다.

'섬나라?'

안순자는 순간 머릿속을 스쳐가는 생각에 사색이 되었다.

그와 남편이 그간 모은 비자금을 대한민국에 버젓하게 넣어둘 리가 없다.

그렇다고 흔히 알려진 스위스도 아니었다.

그런데 진혁은 알고 있었다.

섬나라라고 언급하는 것만 보아도 자신이 어디다 비자금을 빼돌렸는지 정확히 알고 있었다.

"모든 일에서 손 떼시길 바랍니다."

진혁이 냉정하게 말했다.

"못하겠다면?"

안순자가 소리 지르다 시피 말했다.

"솔직히 제가 손에 넣은 이 도청테이프 따위는 필요 없습니다. 원하신다면 드리겠습니다. 하지만 이깟 도청테이프보다는 비자금이 더 필요하시겠죠?"

진혁의 한쪽 입 꼬리가 올라갔다.

안순자는 아연실색이 되었다.

진혁은 그런 안순자의 면전에 대고 한마디 더했다.

"원하신다면 섬나라에 있는 모든 비자금을 샅샅이 털어 국내에 환원할 수 있도록 제가 도와드리겠습니다."

"……."

순간 안순자는 침묵하고 말았다.

오국현과 진혁은 서로를 쳐다보면서 빙그레 웃었다.

이것으로 안순자와의 게임은 끝났다.

'투명마법도 꽤 써먹을 데가 많은데.'

진혁은 속으로 빙그레 웃었다.

투명마법을 사용해서 요 며칠 안순자의 집에 찾아가 샅샅이 그녀와 전세환의 비리를 찾아낸 것이 큰 도움이 되었다.

이것으로 중앙그룹에게 일어난 보복성 조사는 종결될 것이었다.

그리고 안순자는 적어도 한동안은 정. 재계에 발을 붙이려고 하지 않을 것이다.

삼송그룹은 어쩔 수 없이 기린그룹의 도산에 일정 책임을 지게 될 것이었다.

그로 인한 정치적 보복 등은 더 이상 문제될 것이 없었다.

모든 일이 깔끔하게 해결된 것이었다.

진혁은 내심 안도의 한숨을 쉬었다.

비록 진혁이 결승전에 출전하지 못해서 서울고가 청룡기배에서 준우승에 머물렀지만 이것으로 이동명은 이해해 줄 것이었다.

진혁은 굳은 표정으로 자신을 노려보고 있는 안순자를 차분히 바라보았다.

지금 그녀는 모른다.

진혁이 얼마나 안순자를 감옥에 처넣고 싶은지.

그녀와 그녀의 남편이 빼돌린 비자금을 전부 사회에 환

원시키고 싶은지.

진혁은 그들이 가지고 있는 비자금을 반드시 되찾을 것을 속으로 다짐했다.

500원짜리 국밥을 먹으려고 길게 줄을 서는 이들을 두고 이들이 태평하게 골프 치는 모습은 죽어도 못 본다는 각오가 그의 가슴에 서렸다.

Return of the Meister

NEO MODERN FANTASY STORY

6. 폐광에서 펼쳐지는 음모

6. 페광에서 펼쳐지는 음모

Return of the Meister

대한민국비밀수호단체, KSPO의 회의실.

진혁과 박정원, 안연우 세 사람이 머리를 맞대고 회의를 하고 있었다.

이들은 지금 KSPO의 본부를 이전하기 위해 고심 중이었다.

"아무래도 서울 보다는 지방이 낫다고 봅니다."

진혁이 말했다.

그의 말에 두 사람은 일제히 고개를 끄덕였다.

"대전 쪽은 어떨까요?"

박정원이 진혁과 안연우의 얼굴을 보면서 말을 이어 나갔다.

"대전 서구 쪽에 정부청사도 있고, 대덕단지도 있으니 우리의 업무를 생각해보면 적합하다고 봅니다."

"일리 있네요."

안연우가 맞장구를 쳤다.

진혁도 고개를 끄덕였다.

하지만 여전히 그의 얼굴은 완전하게 만족감이 떠오르지 않았다.

박정원이 그런 진혁을 보고 조심스럽게 질문을 했다.

"따로 더 생각하시는 곳 있습니까?"

박정원의 질문에 진혁은 신중하게 입을 열었다.

"그런 것은 없습니다. 다만, 새로 본부를 옮기게 된다면 제대로 된 건물을 짓고 싶습니다. 그러기엔 대전은 이미 정부청사와 대덕단지 등으로 땅값이 많이 오른 곳이라서…. 망설이고 있습니다. 게다가 서울을 왕래하는데 다소 시간이 걸리는 것도 문제가 큽니다. 아직까지는 서울이 핫플레이스이다 보니."

"……"

"……"

진혁의 말에 안연우와 박정원은 서로의 얼굴을 보면서 고개를 끄덕였다.

그의 말이 일리가 있기 때문이었다.

당장 박정원만 보더라도 가족이 있다.

물론 대전으로 본부가 이사를 간다면 가족도 따라 이사 갈 수는 있다.

하지만 박정원이 사장을 맡고 있는 중앙개발회사가 있지 않는가.

회사까지 대전으로 옮기기에는 너무나도 사안이 컸다.

"제가 미처 그 생각을 못했군요."

박정원은 자신도 모르게 이맛살을 찡그렸다.

"아무래도 서울 근교가 가장 날 듯 싶습니다. 대전 쪽도 정황상 내버려 둘 수가 없으니 지부를 설립하는 것도 대안일 듯 합니다. 괜찮겠습니까?"

진혁은 두 사람을 번갈아 보면서 제안을 했다.

"전 찬성입니다."

"저도 찬성입니다."

박정원과 안연우가 일제히 진혁의 말에 맞장구를 쳤다.

"어디 생각해두신 곳이라도 있습니까?"

박정원이 진혁을 쳐다보면서 질문을 던졌다.

"수지나 광주쯤을 생각합니다."

"수지라…."

박정원은 진혁의 말에 크게 고개를 끄덕였다.

"분당이 개발 된 이상 다음 수순은 수지 쪽 일겁니다. 광주 역시 마찬가지입니다. 이미 아시겠지만 중앙개발사를 통해서 그쪽의 땅을 상당 부분 매입했습니다. 개인적으로도 가족들을 경기도 광주 쪽에 전원주택을 지어 이사 갈 생각을 하고 있습니다."

진혁은 박정원과 안연우를 보면서 말을 이어 나갔다.

"좀 제대로 된 본부를 지을 생각입니다."

진혁이 빙그레 웃으면서 말했다.

"아."

박정원이 자기도 모르게 탄성을 질렀다.

진혁이 저리 말한다면 틀림없이 KSPO의 본부는 대한민국에서 최고로 멋진 건물이 될 게 뻔하다.

"하지만 겉모습은 여러분들이 실망할지도 모릅니다."

진혁이 덧붙여 말하면서 싱긋 웃었다.

그는 물류회사들의 창고 형태로 KSPO의 외관을 지을 생각을 하고 있었다.

아무래도 서울 외곽 지역에 비밀리에 작전을 수행하면서도 본부임이 드러나지 않는 가장 최고의 방법이기도 했다.

하지만 건물의 안은 최소 지하 10층 이상으로 만들 작정을 하고 있었다.

그곳에서 다양한 정보 수집과 정예요원들을 훈련시킬 수 있도록 말이었다.

"기대가 큰데요."

안연우가 싱글벙글 거리면서 말했다.

"대통령께 허락을 맡아주십시오."

진혁이 그런 안연우를 보면서 웃었다.

"무조건 찬성하실 것 같습니다. 대통령께서는 자신도 KSPO 명예요원으로 삼아달라고 농담 아닌 농담을 던지시곤 합니다."

안연우가 현 대통령을 떠올리면서 한마디 했다.

"퇴직하시면 해드린다고 하십시오."

진혁이 싱긋 웃으면서 대답했다.

"오늘은 회의를 이것으로 마치죠. 아무래도 집에 좀 일찍 들어가 봐야겠습니다."

진혁은 그렇게 말하면서 자리에서 일어났다.

요며칠 전 대통령 전세환 일가의 비자금에 대해서 조사하느라 며칠 밤을 새웠기 때문이었다.

집에 들어가지 못한 것은 당연했다.

기린그룹의 문제는 삼송그룹 측에서 어느 정도 선에서 해결하기로 하고 일단락이 되었다.

물론 실무진들에게는 이제부터 지옥의 레이스가 시작될 것이다.

어느 정도 선이라는 것이 말이 애매모호하니깐 말이었다.

더구나 대한민국이 IMF기금을 쓰는 상황에서 삼송그룹 측도 자금의 여유가 만만치 않다.

그 상황에서 기린그룹이 공중분해 되지 않도록 자금을 모으는데 공동보증을 서기 위해서는 여러 가지 문제점이 생길게 뻔했다.

모두가 최소한의 희생으로 기린그룹이 자력으로 설 힘을 얻을 때까지 협조하는 일이란 매우 힘든 문제이기도 했다.

그 과정에서 기린차의 경우는 결국 현세차로 낙점이 되었다.

이미 진행된 과정이다 보니 어쩔 도리가 없었다.

하지만 그로 인해서 상당 부분 자금 확보가 가능한 상태가 되었다.

기린그룹의 경영진들이 이 위기를 어떻게 극복할지.

이선홍 회장이 이 상황을 타개해갈지는 그와 경영진, 기린그룹의 문제였다.

진혁은 이 이상 관여하지 않기로 했다.

다만, 삼송그룹 측에서 허튼 소리가 나오지 않도록 정부 관계자들의 단속을 단단히 했다.

그들이 다시 또 정부관계자들을 상대로 로비를 벌여 이 문제에서 벗어나려고 하지 않도록 말이었다.

현 대통령의 강력한 지시로 인해서 현 정부 관료진들은 쉽게 로비 활동으로 매수되지는 않을 것이라고 진혁은 믿었다.

현재로서 그가 할 수 있는 가장 최선을 다한 셈이었다.

더구나 요 며칠 KSPO내에서 작업을 하면서도 왠지 불안한 마음을 떨칠 수가 없었다.

그래서 진혁은 오늘 일찍 집에 들어가려고 한 것이었다.

평소 바쁘다는 이유로 가족들을 제대로 돌보지 못하는 것도 큰 문제라고 생각하는 그였다.

가급적 가족들과의 대화를 소홀히 하지 않도록 다짐하던 그가 아니었던가.

이 세상에서 가장 중요한 것은 부와 명예, 권력이 아니다.

진혁에게서 가장 소중한 것은 바로 가족이었다.

아버지 최한필 교수의 납치 사건을 통해서 가족의 소중함을 절실히 느꼈던 그였다.

"저어…."

안연우가 무언가 할 말이 있다는 듯한 눈치를 보였다.

"무슨 일입니까?"

"아직 정보가 더 올라와봐야 알 일이지만."

"말씀하십시오."

진혁은 순간 좋지 않은 예감이 들었다.

"태백산 쪽 광산 얘깁니다."

"광산!"

진혁은 순간 본능적으로 무언가 올 것이 왔다는 기분이 들었다.

안연우는 진혁의 표정이 좋지 않은 것을 보고는 서둘러 브리핑하기 시작했다.

"어제 강원랜드 쪽에 정보원으로 연락이 왔습니다."

"계속 말씀하십시오."

"예, 알다시피 강원랜드에는 태백산 광산 등에서 일하던 인부들을 흡수해서 짓고 있지 않습니까? 과거 광부였던 사람들 사이에서 도는 소문 때문에 보고가 올라왔습니다."

"어떤 소문이죠?"

진혁은 깊은 관심을 표명했다.

"누군가 광산에서 일하던 광부들을 모집하고 있는데, 큰 돈을 준다고 하더군요. 그런데 막상 한번 가면 연락이 끊긴다고."

"정보원은 뭐라고 합니까?"

진혁은 가슴이 두근거렸다.

하지만 침착하게 안연우에게 상황을 물었다.

"정보원 말로는 강원랜드를 짓고 있는데 투입되는 일꾼들이 부침이 심하답니다. 몇몇 사람들은 일하다 말고 돈을 벌면 서울이나 도시로 나가버리니깐 그것을 두고 괜히 기괴한 일처럼 키울 가능성도 있다고 합니다."

안연우는 진혁의 눈치를 보면서 말했다.

진혁도 정보원의 말에 일정부분 공감 못하는 것은 아니었다.

상식적으로 강원도에 살았던 인부들이 광산을 잃고 임시직이나마 강원랜드에서 일한다고 하나, 앞으로 평생 먹고 살 거리를 만들어야 한다.

그러다보면 도시로 나가려고 하는 자들도 많다.

때로는 그런 것들을 두고 괜히 괴담이니 뭐니 만들 수는 있다.

하지만 진혁으로서는 태백산 광산에 관련된 일은 절대로 흘러 넘길 수는 없었다.

"광산에 인부를 끌어 모으는 자들이 실제로 존재하는지 확인하는 게 우선이겠습니다."

"안그래도 그 부분은 어제 지시를 내렸습니다. 좀더 정보가 자세히 취합되면 보고 드릴까 했는데."

안연우는 진혁에게 말은 그리하면서도 그의 표정을 보아서는 자신이 일찍 보고하기를 잘했다는 생각이 들었다.

태백산 광산, 그것도 폐광에 대한 진혁의 애정은 익히 박정원을 통해서 들었기 때문이었다.

"제가 내일 태백산 쪽으로 직접 가보겠습니다. 강원랜드 쪽으로 요원 두명을 파견해서 정보원을 도와 좀더 자세히 정보를 알아보라 하십시오. 돈은 얼마든지 들어도 좋습니다."

진혁은 안연우에게 지시를 내렸다.

안연우는 고개를 끄덕였다.

자신의 판단이 틀리지 않았다.

박정원은 조용히 안연우와 진혁의 대화를 들었다.

진혁이 왜 그리 태백산에 있는 폐광들에게 애착을 보이
는지 이해할 수는 없다.

그저 그의 의견을 존중할 뿐이었다.

'정말 이상하지.'

박정원은 고개를 갸웃거렸다.

누가 알겠는가.

진혁이 스스로 폐광시킨 그 광산이 바로 지구의 심장부
라는 것을 말이다.

몇 십 년에 한 번씩 지구 지각부분 가까이 올라오는 다
이아몬드 천지의 광산이라는 것을 말이다.

하지만 그 다이아몬드는 여타의 다이아몬드 광산과는
다르다.

반드시 지켜야할 지구의 자원인 것이었다.

두근두근.

진혁의 심장은 자신도 모르게 뛰었다.

마음 같아서는 그대로 태백산 쪽으로 향하고 싶었다.

하지만 가족들을 너무 오래 팽개친 듯 싶어 일단은 집으
로 향했다.

"와아, 오빠!"

소희가 신나서 인터폰을 누르면서 소리를 질렀다.

우당당탕당!

그녀는 진혁이 현관문에 채 도착도 하기 전에 활짝 문을 열었다.

"아가씨가 왜 그렇게 요란해?"

진혁은 빙그레 웃으면서 말했다.

"칫, 집에 오랜만에 왔으니깐 그렇지."

소희가 뽀로통한 표정을 지었다.

"미안하다."

진혁은 소희의 머리를 부드럽게 쓰다듬어 주었다.

그리고 나서 집안을 한번 둘러보았다.

집이 조용하다.

소희 외에는 아무도 없는 듯 싶었다.

"너 밖에 없었니?"

"응."

소희가 머리를 크게 흔들었다.

"아버지는?"

진혁은 당연한 질문을 했다.

"연구소에."

소희는 어깨를 으쓱거리면서 당연하다는 듯이 말했다.

'아직도 연구에 매달리시는구나.'

진혁은 그런 아버지 최한필 교수가 이해가 갔다.

자신의 시간이 사라진 기분.

일반 사람들도 받아들이기 힘들 것이다.

그런데 천재과학자로 알려진 아버지로서는 더욱 참기 힘들것이었다.

더구나 그 시기에 분명 중요한 연구를 했다는 것을 깨달은 아버지로서는 더욱 말이었다.

진혁은 충분히 그 기분을 이해했다.

그래서 가족들에게도 아버지 몰래, 아버지의 상황을 설명하고 연구실에만 계시는 것을 이해해달라고 부탁하지 않았던가.

"어머니는?"

"음식점에."

소희가 입술을 삐죽 내밀면서 말했다.

"왜?"

진혁은 어머니가 아직도 식당에 있는 것이 이해가 안갔다.

저녁 매니저는 지혜의 어머니 배영신이었기 때문이었다.

"여름에는 국밥이 너무 뜨겁잖아."

소희가 한마디 툭 내뱉었다.

그녀도 어머니가 아직도 식당에 있는 것을 어느 부분은
이해하고 있었다.

"아."

진혁은 순간 소희에게 미안한 감정이 들었다.

어머니 장혜자는 여름에 사람들에게 제공할 시원한 점
심메뉴를 만드느라 아직도 식당에서 할머니와 배영신과
함께 고민 중에 있나 보다.

소희도 그 상황을 이해하고는 있고 말이었다.

그러면서도 아직 13살밖에 안된 그녀로서는 서운한 감
정도 교차하리라.

아직은 엄마 품이 더 좋을 나이인데 말이었다.

그런데 바쁜 어머니를 이해해주고는 있었다.

머리로 이해는 하되, 마음으로는 아직 덜 이해가 가나
보다.

지금 소희의 표정은 딱 그랬다.

"정 혼자 집에 있기 싫으면 지혜라도 내려오라고 하지
그랬어. 진명이야 회사 연구실에서 살고 있으니 말이야."

진혁은 소희를 달래듯이 말했다.

"칫."

소희는 지혜의 이름이 나오자 더욱 뾰로통해졌다.

"왜?"

"걘 태백산 갔어."

소희는 그렇게 말하면서 서운한 표정을 지었다.

중간고사가 끝나자마자 태백산으로 지혜는 날라 버렸다.

자신도 같이 갔으면 좋겠지만, 어머니 장혜자가 학교를 빠지는 일을 허용하지 않았다.

솔직히 소희로서는 불만이 컸다.

두 오빠가 전부 학교를 빠지기를 밥 먹듯이 하는데 굳이 자신에게는 결석은 절대 안 된다는 어머니 장혜자가 원망스럽기도 했다.

그리고 그런 자신을 버려두고 태백산으로 홀쩍 나른 지혜가 서운하기도 했다.

"태백산!"

소희의 입에서 태백산이란 단어가 나오자 진혁의 표정이 어두워졌다.

아까부터 들려왔던 그의 심장에서 강한 경고음이 흘러나오는 기분이었다.

"소희야, 아무래도 오빠도 태백산 다녀와야겠는데."

진혁은 결심한 듯이 말했다.

"그러면 나도 데려가. 나 혼자 이 집에서 왕따 당하는 기분이야."

소희가 진혁을 노려보면서 말했다.

어지간히 속상했나 보다.

"그, 그게."

"오빠도 눈이 있으면 주위를 둘러봐. 내가 이 상황을 언제까지 이해해야해? 나도 데려가!"

소희가 앙칼지게 말했다.

"……."

진혁은 그런 소희의 태도에 난감하기 그지 없었다.

가뜩이나 혼자 집을 지키고 있었다고 애처로워했는데, 그런 자신마저 바로 태백산으로 가버리면 소희는 어떤 심정이 될까.

진혁으로서는 진퇴양난인 상황이었다.

진혁은 결국 소희와 함께 태백산으로 향할 수밖에 없는 일이 벌어졌다.

"나 안 데려가면 오빠도 못 가."

소희는 두 팔을 펴고는 현관문 앞에서 시위하듯이 서있었다.

진혁은 난처했다.

"소희야."

진혁으로서도 소희에게 미안하지 않은 것은 아니다.

며칠 만에 집에 와놓고서는 다시 가버린다는 게.

어린 소희로서는 화날 만도 했다.

더구나 집에는 아무도 없으니 말이었다.

"학교는 어떻게 하고?"

진혁은 최후의 수를 학교로 들었다.

"오빠가 엄마에게 잘 말해줘."

소희는 딱 잘라 말했다.

"에휴."

진혁은 자신도 모르게 한숨을 쉬었다.

"오빠가 내 입장이 돼봐? 미안하지 않을까?"

소희가 진혁의 얼굴을 똑바로 쳐다보면서 말했다.

"그렇긴 한데."

진혁은 자신도 모르게 고개를 끄덕였다.

"자꾸 나만 빼놓고 다들 집 나가면 나도 연예계 데뷔해
버릴 거야!"

소희는 폭탄 발언하듯이 말했다.

"뭐?"

진혁은 어이가 없었다.

"요즘 어린나이에 아이돌 데뷔하는 거 알지?"

소희는 히든카드라도 꺼냈다는 듯이 진혁을 쳐다보았다.
씨익 웃는다.

결국 소희의 승리였다.

지금 이대로 진혁이 외출한다면 소희는 연예계 데뷔하
고도 남을 것이었다.

사실 중앙연예기획사 쪽에서도 소희는 지금이라도 아이
돌 데뷔가 충분히 가능하다는 말을 듣고 있던 터였다.

하지만 진혁이 반대해서 그 일은 무산되었다.

진혁은 적어도 고등학교 들어갈 때까지는 소희의 연예계 데뷔는 안 시킬 생각이었다.

"칫."

소희가 고개를 끄덕이는 진혁을 보면서 되려 코웃음을 쳤다.

"오빠는 정말 나 연예계 데뷔시키는 거 싫나보다."

"……."

진혁은 결국 소희를 데리고 태백산으로 향하기로 했다.

연예계 데뷔한다는 소희의 발언도 폭탄이었지만 지금 상황을 봐도 소희가 너무 안쓰러웠다.

평소 같으면 내버려 두고 왔겠지만 그러기엔 소희 혼자서 큰 집에 있는 것이 마음에 걸렸다.

진혁은 소희를 위해서 회사로 연락을 취했다.

회사 측에서는 바로 차와 운전기사를 보내주었다.

그렇게 진혁은 소희와 태백산 하늘마을 펜션으로 오게 되었다.

진혁으로서는 소희와 함께 이곳에 온 만큼 그녀의 안전이 최우선이었다.

그래서 일단 소희를 지혜가 묵고 있는 그곳에 두고 폐광 쪽을 둘러볼 생각이었다.

그후 강원랜드가 들어설 예정인 정선 쪽으로 움직일

작정이었다.

하지만 그의 생각은 하늘마을 펜션에 도착하기도 전에 산산조각 났다.

'아무도 없어?'

진혁은 눈앞에 보이는 하늘마을 펜션에서 사람들의 기운이 전혀 없음을 알아차렸다.

'이게 무슨….'

진혁은 망연자실했다.

아무런 연락도 없이 소희와 바로 이곳으로 내려오기는 했지만 적어도 이정남이 없으면 지혜라도 있을 줄 알았다.

게다가 최근 보고에 따르면, 평일에도 하루 숙소 대여가 있다고 했다.

더구나 지금 새벽 4시이다.

이정남이 아무리 일찍 일어난다고 해도 이 시간에 펜션을 벗어난다는 게 의아스럽다.

펜션 쪽은 쥐 죽은 듯이 조용했다.

"소희야, 다시 서울로 올라가라."

"왜에?"

밤새 차안에서 졸았던 소희가 아직 졸음이 덜 깼는지 잠투정 하듯이 대꾸했다.

"펜션에 아무도 없다."

진혁은 솔직하게 소희에게 말했다.

"아, 아무도?"

순간 소희가 눈을 번쩍 떴다.

진혁은 소희에게 숨기지 않고 사실대로 말했다.

소희를 떼낼 수 있었으면 진작 데려오지 않았을 것이다.

그런데 여기까지 와서 도로 올라가라고 말할 수 있는 상황.

납득할 수 있는 상황은 진실뿐이었다.

"아무래도 심상치 않다. 이해해주겠니?"

진혁은 소희의 머리를 쓰다듬었다.

소희는 오빠 진혁의 표정이 아주 진지한 것을 깨달았다.

어린 그녀라도 알 수 있을 정도였다.

비록 오빠에게 떼를 써서 이곳까지 왔지만 지금 상황은 떼를 쓸 수 있는 상황이 절대 아니었다.

"죄송합니다. 얘를 데리고 도로 집으로 가주십시오."

진혁은 운전기사에게 고개를 숙이면서 말했다.

그리고는 품 안에서 운전기사에게 줄 묵직한 수고비를 꺼내들어 건네었다.

밤새 달려왔는데, 쉬지도 못하고 바로 보내게 되어 미안했기 때문이었다.

"아닙니다. 아가씨는 걱정 마십시오."

운전기사는 고개를 끄덕였다.

"소희야, 미안하다. 나중 지혜 찾으면 연락줄 게."

"으으응, 꼭이야."

소희는 고개를 끄덕이면서 다짐을 받았다.

"그래."

진혁은 그런 소희를 한번 쓰윽 쳐다보고는 다시 운전기사를 향해서 고개를 숙였다.

운전기사는 진혁의 신호를 받고는 소희를 태운 채로 다시 차의 시동을 걸었다.

진혁은 소희를 태운 차가 눈에 보이지 않게 될 때까지 쳐다보았다.

소희에 대한 미안함으로 진혁의 입가에는 쓸쓸한 미소가 감돌았다.

하지만 지금은 지혜와 이정남을 찾는 게 우선이었다.

진혁은 어제 오후에 안연우가 했던 말이 자꾸 떠올랐다.

-누군가 광산에서 일하던 광부들을 모집하고 있는데, 큰 돈을 준다고 하더군요. 그런데 막상 한번 가면 연락이 끊긴다고-

'하필 이 상황에서 그 생각이 날까.'

진혁은 불길한 마음을 지울 수가 없었다.

그는 주위를 두리번거렸다.

주변의 인기척을 확인하기 위해서였다.

확실히 하늘마을 펜션 주변에는 아무런 기척도 없다.

사람의 기척.

심지어는 벌레 한 마리의 기척 조차 없었다.

너무도 이상하지 않는가.

진혁은 투명마법을 시현했다.

아무래도 자신을 드러내어 움직이는 것이 좋지 않다고 판단했기 때문이었다.

진혁은 조심스럽게 하늘마을 펜션 안으로 들어섰다.

끼익.

펜션의 입구에서부터 분위기가 매우 을씬년스러웠다.

심지어 펜션 입구에 있는 문조차 삐거덕 거리면서 흔들렸다.

마치 오래전부터 사람이 살지 않은 폐가 분위기와 흡사했다.

'이상하군.'

이정남은 보통 월요일 마다 중앙개발사 관리팀과 연락을 주고 받았다.

만약 관리팀이 이정남과 연락이 되지 않았다면 자신에게 연락을 남겼을 것이다.

직접 연락이 닿지 않는다 해도 메일이나 기타 여러 방법을 통해서라도 반드시 진혁에게 연락하기로 되어 있었다.

그런데 관리팀으로부터 진혁에게 아무런 연락이 없었다.

그 애기는 이정남과 관리팀간의 보고는 원활했다고 추정할 수 있었다.

그렇다면 이정남이 그 이후 사라졌다고 해도, 아무리 길어봐야 2-3일이다.

그런데 하늘마을 펜션이 어떻게 몇 년, 몇 십 년을 방치한 폐가처럼 을씬년스러울 수 있을까.

두근두근.

진혁은 자신도 모르게 심장이 방망이질 해왔다.

'지혜는 괜찮을까?'

진혁은 조심스럽게 펜션 안을 살펴보았다.

마음 같아서는 당장 폐광 쪽으로 향하고 싶었다.

하지만 그보다는 지혜나 이정남의 행방을 알만한 단서를 쫓아나가는 것도 중요했다.

분명 폐광 쪽의 문제라고 해도 이곳에서 시작됐을 게 뻔하다.

"흐음."

진혁은 펜션 안을 감싸는 공기층에 무언가 미확인 바이러스가 있다는 것을 깨달았다.

정확하게 학명이 무엇인지 모르겠다.

하지만 적어도 이것 때문에 이 주변이 폐가처럼 변해버린 것이었다.

'생화학 테러!'

진혁은 순간 이곳에 생화학 테러가 있었음을 깨달았다.

흔히 볼 수 있는.

자연에서 파생된 것이 아니다.

누군가 인공적으로 이곳에 생화학 테러를 한 것이었다.

그래서 이 주변이 전부 죽음으로 변한 것이다.

살아있는 모든 것을 일순간에 죽여 버리는.

치명적인 독소였다.

진혁은 자신의 주변에 쉴드를 더욱 강하게 쳤다.

아직까지 공기 중에 독소가 남아있었다.

'휴, 운전기사와 소희를 그 곳에서 보낸 게 다행이군.'

진혁은 잠시 안도했다.

펜션 주변의 공기가 안 좋은 것을 감지하고 차를 세운 것이 다행이었다.

진혁과는 달리 두 사람은 평범한 사람들이니깐 말이었다.

아마도 이 독소에 노출되었더라면 치명적이었을 것이었다.

그런 의미에서 이 독소가 펜션만을 표적으로 한 것에 감사할 뿐이었다.

다소 펜션 주변까지 그 영향력이 미쳤기는 했지만, 애초에 목적 범위는 넓은 편은 아니었다.

'분해되는 속도가 빠르군.'

진혁은 공기 중에 섞여있는 바이러스, 독소를 분석해보았다.

이 정도 속도면 곧 3일 정도면 원래 상태로 돌아올 것이었다.

만약 진혁이 아무것도 모르고 며칠 뒤에 방문했더라면 이곳에서 일어난 일을 전혀 모를 수도 있었다.

'누가 이랬을까?'

진혁은 카르카스를 떠올렸다.

아버지 최한필 교수를 납치했던 자들.

푸에르토리코에 있던 연구실 시설을 본다면 이런 일들을 충분히 할 수 있는 자들이었다.

진혁은 지혜가 늘 머무르는 방과 이정남의 숙소 등을 돌아보았다.

그들의 흔적은 어디에도 발견되지 않았다.

분명 생화학 테러가 일어나기 전에 어딘가로 납치되었거나 빼돌려졌다.

그렇지 않고서는 자신에게 벌써 이들로부터 연락이 왔을 게다.

진혁의 이맛살은 더욱 찌푸러졌다.

그는 이정남의 방에 있는 보고서를 찾았다.

숙박리스트를 보기 위해서였다.

이정남은 의외로 매우 꼼꼼한 사람이었다.

그는 숙박 리스트 외에도 자신만의 메모를 해왔다.

한번 온 손님들이 다시 이곳에 왔을 때 기억하기 위해서였다.

좋아하는 것들을 메모해 두었다가 나중 왔을 때 챙겨주기까지 했다.

그런 이정남의 노력으로 한번 펜션을 방문한 사람들이 다시 이 펜션을 방문하곤 했다.

진혁은 이정남의 서랍 깊숙이 숨겨져 있는 다이어리를 찾아 집어 들었다.

이정남이 늘 보고를 하던 월요일, 분명 보고를 했다고 적혀 있었다.

'이러니 관리팀은 문제를 아직 모르는 거고.'

진혁은 다시 다이어리를 넘겼다.

두 팀이 펜션에 머물은 것이 확인되었다.

젊은 신혼부부와 중년 남자 한명.

"이것은?"

진혁은 이정남이 자그맣게 써놓은 메모를 발견했다.

이정남은 딱 세 글자를 써놓았다.

이상해.

진혁은 그 글자를 보는 순간 얼굴이 더욱 어두워져 갔다.

진혁은 펜션에서 나와 곧바로 폐광 쪽으로 향했다.

그가 직접 문을 닫은 폐광으로 말이었다.

다행히 폐광 쪽 입구는 그가 예전에 해둔 그대로였다.

'다행이군.'

진혁은 그래도 주변을 샅샅이 조사했다.

이곳에서는 아직까지 별다른 흔적이 없었다.

'이 주변에 폐광이 더 있지.'

진혁은 작년에 이곳을 중심으로 주변에 있는 폐광 6개를 사들였었다.

다이아몬드 심장을 감싸고 있는 주변 광산이 광산과 직접적으로 연결된 것은 아니었다.

다이아몬드 심장 자체는 매우 특이하다.

바로 옆의 광산을 아무리 뚫더라도 다이아몬드 심장이 있는 광산과 연결되는 것은 아니다.

그것은 오로지 진혁이 폐광시킨 그 광산에서만 찾을 수가 있었다.

하지만 진혁은 더욱 조심하기 위해서 주변 광산들을 사들였다.

만약을 대비해서 말이었다.

진혁은 나머지 폐광 쪽을 살펴보기로 했다.

아무래도 자신의 폐광들과 안연우가 보고한 일이 관련되어 있는 것만 같았다.

이 모든 일이 절대로 우연은 아니었다.

어느새 해가 떠오르고 있었다.

진혁은 이정남이 그랬던 것처럼 폐광의 입구에 덥석 주저앉았다.

이정남과 다른 점이 있다면 담배를 피지 않는다는 점 뿐이었다.

진혁은 조용히 떠오르는 해를 보면서 생각에 잠겼다.

이 상황에서 서둘러 움직이는 것은 절대 도움이 되지 않는다고 판단해서였다.

이미 자신이 늦은 상태였다.

어떤 일이 관련되어있을지는 모르지만 그 누군가는 폐광을 중심으로 벌써 일을 벌이고 있었다.

몇분 빨리 서두르기 보다는 이 일을 어떤 관점에서 보아야 할지 관찰해야 했다.

자신의 섣부른 행동이 의도치 않게 다이아몬드 심장을 드러낼 수도 있었기 때문이었다.

"휴……."

진혁은 자신도 모르게 길게 한숨을 쉬었다.

지혜의 해맑은 얼굴이 떠올랐기 때문이었다.

이 위급한 상황에서 하필 지혜가 떠오를까.

그토록 보고 싶어 하던 에일레나가 아니고 말이었다.

이상하게 태초의 돌이 벌인 장난 탓으로 판테온에 다녀온 이후 에일레나에 대한 생각이 점점 사라져 갔다.

무슨 이유인지 모르겠지만.

아마도 그녀와 함께 코러스 산을 오르면서 벌였던, 과거와는 다른 일들이 지금 자신에게 미치고 있는 것이 아닐까 하는 짐작만 할 뿐이었다.

그녀가 살아있을지도.

그리고 제 수명까지 잘살고 잘 지냈을 지도 모르겠다.

진혁이 아닌 다른 누군가를 사랑하면서 말이었다.

과거라면 그런 생각만으로 미칠 것만 같을 지도 모르겠다.

하지만 이상하게 지금은 담담하다.

사랑하는 여인을 편안하게 놓아준 기분이었다.

'언젠가 알아지겠지.'

진혁은 조바심을 내지 않았다.

자신이 코러스 산에서 과거를 바꾸기 위해서 노력한 것처럼, 그 바뀐 과거에 의해서 만들어지는 현재에 수긍하면서 살 생각이었다.

그리고 미래는 또 자신이 바꾼 현실에 의해서 펼쳐지겠지.

이제 더 이상 지구의 앞날도 진혁이 귀환 전에 알고 있던 지구의 앞날이 아닐 것이다.

태초의 돌 덕에 보았던 우주의 균열, 지구와 판테온 사이
에 벌어진 틈바귀가 앞으로 어떤 작용을 할지는 모르겠다.

그가 다시 되돌아오면서 보았던 지구의 미래가 펼쳐질지.

아니면 그 조차도 바뀔지.

진혁은 모든 것을 섣불리 판단하지 않았다.

하지만 모든 만반의 준비를 해야 했다.

어느새 해가 그의 머리위로 치솟았다.

'이제 가봐야지.'

진혁은 흙바닥에서 일어섰다.

그의 눈은 어느새 강렬하게 빛나고 있었다.

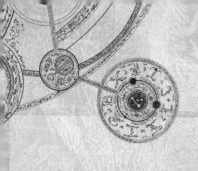

Return
of the Meister

NEO MODERN FANTASY STORY

7. 사라진 사람들의 행방을 찾아라

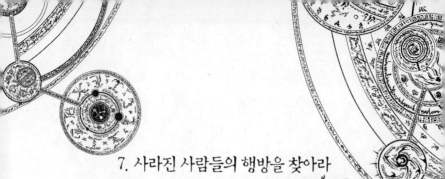

7. 사라진 사람들의 행방을 찾아라

으악!

깊이를 알 수 없는 구렁텅이에서 터져 나오는 비명.

사람의 외마디가 이렇게 짧을 수가 있을까.

그 비명은 곧 사라졌다.

그리고 찾아온 정적.

주변이 조용했다.

"제길, 실패라고 보고해."

누군가 짜증나는 투로 말했다.

이들에게는 구렁텅이에서 사라진 사람의 목숨 따위는 안중에도 없는 듯이 보였다.

그저 임무를 수행하지 못한 책임이 자신들에게 돌아올

까 염려하는 것뿐이었다.

사람 목숨 따위가 이렇게 하찮았는지.

…….

하지만 그곳의 있는 또 다른.

한 무더기의 사람들은 달랐다.

곧 그들의 운명이기도 했기에.

그들은 방금 전 끌려간 사람의 비명이 들려오자 온몸을 떨었다.

이 일은 당해도 당해도 절대로 익숙해지지 않는다.

두려웠다.

죽음을 바로 눈 앞에 둔 자들의 고통과 두려움이었다.

게다가 그 죽음은 언제 일어날지 모르는 일이었다.

1시간 뒤 일지.

다음날 아침일지

그들은 서로를 쳐다보면서 온몸을 떨었다.

이곳이 원래 춥기도 하지만 그들의 마음이 얼어붙었기 때문이었다.

목돈을 탐한 잘못.

그들에게 잘못이 있다면 딱 그것뿐이었다.

평생을 일하던 탄광이 폐광이 되고, 정처 없이 일거리를 찾아 헤매며 살던 이들에게는 이번 일 자리는 매우 큰 매력이었다.

몇 년을 뼈빠지게 일해도 모을까 말까 하는 큰 돈을 준다고 했기 때문이었다.

이들중 장씨 역시 마찬가지였다.

더구나 장씨는 이 모든 일이 자신의 책임 같기만 해서 더욱 고통스러웠다.

장씨는 방금 전 그 비명소리가 누구의 목소리인지 안다.

그저 자신은 눈을 지끈 감고 있는 비겁자 일뿐.

"제길."

장씨는 자신도 모르게 중얼거렸다.

그리고 눈을 들어 저만치에서 떨고 있는 자들을 보았다.

저들도 곧 좀 전의 비명 지른 자와 같은 운명이 되리라.

장씨는 자신이 이곳에 온 것을 무척 후회했다.

아니 되돌일킬수만 있다면 백번이라도 더 되돌였을 거였다.

삶의 터전이던 탄광이 폐광이 되고.

다른 여타의 광부들과 마찬가지로 강원랜드를 짓고 있는 강원도 정선으로 향했다.

대다수의 광부들은 어떻게서든지 처자식을 먹여 살리기 위해서 이번에는 탄광이 아닌 공사판을 전전했다.

장씨역시 마찬가지였다.

그런데 누군가 접근해 왔다.

자신이 일하던 탄광에 다시 돌아갈 수 있게 해준다는 것이었다.

폐광이 다시 재개되는데 숙련된 인부가 필요하다는 것이었다.

게다가 보수는 지금 받는 품삯과는 비교도 안 되었다.

장씨는 곧바로 친하게 지내던 광부들을 소집했다.

워낙 탄광에 오래 근무했기 때문에 아는 이들이 많았다.

장씨와 광부들은 그 제안에 환호성을 지른 것은 당연했다.

일주일만 일해도 1년 일한 만큼의 목돈이 들어온다.

몇 주일 일한다면 몇 년 일한 만큼의 목돈이 되지 않는가.

이들은 서둘러 그들과 계약을 맺었다.

심지어 그들은 장씨와 광부들에게 선불이라면서 착수금까지 주었다.

그런 그들의 배려를 처음부터 의심했어야 했다.

그런데 탄광에서 평생을 일하던 광부들은 너무도 순진했다.

아무런 의심 없이 그들과 함께 다시 태백산으로 돌아왔다.

처음엔 폐광 처리된 탄광을 정상으로 되돌리는 거였다.

일은 순조로웠다.

다만, 시간이 없다고 서두르는 통에 밤낮을 가리지 않고 일하는 것 빼고는 말이었다.

하지만 그 보수가 만만치 않기 때문에 그런 것쯤은 문제도 아니었다.

이번 일만 마치면 목돈이 들어온다.

이미 절반은 선불로 받아서 가족들에게 주었다.

나머지 절반은 받으면, 곧바로 서울로 상경할 생각이었다.

식구들 전부 말이었다.

그것으로 장사 같은 것을 한다면 얼추 먹고살 수 있지 않을까.

음식솜씨 좋은 마누라도 있으니 말이었다.

게다가 여기서 몇주일 일하면 몇 년 일한 만큼의 목돈이 들어온다.

그것으로 자그마한 식당 하나는 열 수 있을 게다.

서울 물가가 이곳보다는 비싸다고 하지만 이정도의 목돈이면 자그마한 식당 하나는 차릴 수 있었다.

더구나 그는 아직까지 뼈빠지게 일하는 것 하나는 자신이 있었다.

곧 대학갈 아이들을 생각하니 앞으로 몇 년은 더 뼈빠지게 일해야 했다.

장씨는 이번 일을 아주 큰 기회로 여겼다.

며칠 밤낮을 새워서 폐광의 입구부터 해서 안쪽까지 폐광 전 상태로 되돌렸다.

그후 이 사단이 났다.

그들이 마지막 보던 폐광의 모습 그대로였다.

광부들에게는 그 상황이 당연했다.

그런데 자신들을 소집한 사람들 사이에서는 심각한 문제인 듯 싶었다.

그들끼리 무슨 회의니, 상부 지시니 하는 소리가 오고간 후의 일이었다.

그들이 돌변했다.

아예 탄광 밖으로 아무도 나갈 수 없게 하고는 오로지 한 곳의 구멍만 뚫게 했다.

왜 그런지.

뚜렷한 이유도 없었다.

광부들은 의아했지만 시키는 대로 했다.

이들이 노리는 것이 필시 이곳, 그들이 뚫는 구멍 속에 있으리라고 생각하고는 말이었다.

구멍이 어느 정도 뚫리자 큰 사단이 났다.

광부들 중 선두에 선 몇몇이 구멍 속으로 들어갔을 때였다.

갑자기 거대 폭발음이 들리더니 구멍이 한없이 깊어졌다.

한치 밑도 볼 수 없을 정도로.

광부들 뿐만 아니라 이들이 가지고 있던 최신기계에도 구멍 밑은 전혀 알 수가 없었다.

어느 만치 뚫려있는지 말이었다.

그러자 이들은 노골적으로 광부들에게 구멍 안을 들어가기를 종용했다.

아무리 돈이 귀하다지만 사람 목숨이 더 중하지 않을까.

광부들의 저항은 격렬했다.

그러자 이들은 자신들의 본색을 드러냈다.

총과 신식 무기 등으로 광부들을 위협했다.

심지어는 가두워 놓고서는 몇 명씩 구멍 안으로 투입시켰다.

장씨 뿐 아니라 광부들의 얼굴은 공포 그 자체였다.

매일 아니 살아있는 그 자체가 말이었다.

덜컥.

광부들이 가두워져 있는 곳에 문이 열렸다.

순간 광부들은 동요했다.

오늘 또 누가 끌려 나가는 걸까?

그들은 선택을 받지 않기 위해서 최대한 몸을 수그리고 고개를 푹 숙였다.

터억.

탁.

하지만 그 누구도 지명되지 않았다.

다만 두 사람이 광부들이 가두워져 있는 곳으로 끌려오다시피 들어왔다.

장씨는 문이 닫히고 그들의 발걸음이 사라지자 눈을 들어 낯선 이들을 쳐다보았다.

낯선 두 명.

바로 지혜와 이정남이었다.

그들은 신혼 부부로 알고 있던 자들과 중년인에 의해서 이곳으로 끌려왔다.

이정남으로선 기가 막혔다.

산전수전 다 겪었지만 이렇게 버젓이 펜션 안에서 납치당하기는 처음이었다.

게다가 아직 어린 지혜까지 말이었다.

이정남은 본능적으로 지혜를 방어했다.

"해치지 않으니 안심하시오."

장씨는 이정남에게 안심하라는 투로 말을 건넸다.

상황을 보자니 끌려온 듯 싶었다.

게다가 낯이 익은 얼굴이었다.

"……"

"아버지와 딸인가?"

장씨가 아무런 대꾸도 없는 이정남에게 말을 걸었다.

무슨 사연으로 끌려왔는지는 모르지만 안쓰러웠기 때문이었다.

자신들은 돈에 눈이 멀어서 제 발로 걸어왔다지만 이들은 왜 끌려왔을까.

궁금하기도 했다.

"삼촌이세요."

지혜가 이정남 대신 대꾸했다.

아직 어린 나이에도 불구하고 지혜는 오히려 침착했다.

"삼촌? 그래. 어떻게 된 일이냐?"

장씨가 이정남을 얼굴을 제대로 보기 위해서 바짝 다가
왔다.

그제서야 그는 이정남을 알아보았다.

"자네 이정남 아닌가?"

이정남도 눈을 들어 장씨의 얼굴을 똑바로 쳐다보았다.

"장씨!"

두 사람은 서로를 알아보고는 얼싸 안았다.

다 늙은 사람들이 주책 맞게 얼싸안기는 했지만 이 상황
에서는 그 누구보다 반가웠다.

그러자 주변에서도 이정남을 알아보고는 웅성웅성거
렸다.

"자네는 펜션을 한다고 하지 않았나?"

"폐광은 어떻게 하고?"

몇몇은 이정남의 근황을 작년까지는 잘 알고 있었다. 자
신들이 일하던 탄광이 폐광되고 떠난 이후의 일은 잘 모른
다고 하더라도 그전까지는 친하게 지냈으니 말이었다.

더구나 개중에는 이정남의 탄광에서 일하던 자들도 있

었다.

그들은 이정남이 상당히 좋은 사람이었던 것을 기억하고 있었다.

그 덕에 자신들은 월급을 밀리지도 않고 퇴직금까지 제대로 받아서 나왔지만, 이정남 자신은 상당히 은행 독촉에 탄광이 넘어갈 것이라는 말도 돌았기 때문이었다.

"얘 오빠 덕에 폐광을 지키면서 잘 살고 있었지."

이정남은 지혜를 가리키면서 말했다.

"그런데 왜 여기에?"

"자네들은 왜 여기에 있는가? 도대체 이게 다 뭔가?"

광부들은 이정남에게.

이정남은 광부들에게.

서로가 질문하느라 난리였다.

지혜는 침착하게 이들의 이야기에 귀를 기울였다.

'광부를 모집한다고 하면서 큰 돈을 미끼로 삼았구나.'

지혜는 광부들의 이야기에 상황을 정리하기 시작했다.

더구나 장씨가 구멍에 대한 이야기를 하자 자신도 모르게 서늘한 기운이 온몸을 감싸는 것을 느껴졌다.

'분명 예사로운 게 아니야.'

지혜는 그 구멍이 인간에 의해서 발견되고, 이용되는 것을 반드시 막아야 한다는 생각에 미쳤다.

"매일 사람들을 그 구멍에 집어넣는다네. 아무리 좋은

장비를 갖추고 구멍에 들어가도 소용없다네."

장씨가 고개를 저었다.

"그들이 원하는 게 구멍 안에 있나요?"

지혜가 질문했다.

"그런 것 같구나. 그들이 애초에 이 광산을 노린 것도 구
멍 때문이 아니었을까 싶다."

장씨는 고개를 끄덕이면서 대답했다.

왜냐면 그들은 처음부터 뚜렷한 목적이 있었다.

바로 구멍이 있을 법한 곳만 집중해서 막혔던 폐광을 뚫
었기 때문이었다.

이미 구멍이 어떠하리라는 것도 대충은 알고 있지 않을
까 싶었다.

"구멍 안에 무엇이 있는지 그들이 한 말을 들은 적은 없
나요?"

지혜는 당돌하게 재차 질문했다.

"그러게. 우리가 워낙 무식쟁이라서. 그들은 한국말이
아닌 영어를 쓰고 있는 것 같았구나."

장씨가 겸연쩍은 표정으로 말했다.

사실 영어인지도 자신이 없었다.

그들끼리 나누는 대화는 전혀 알아들을 수가 없었다.

몇몇 한국인들이 있었지만 그 한국인들은 그저 명령을
받는 자들에 불과한 것으로 보였다.

사실상 명령을 내리는 자들은 외국인들이었다.

지혜는 그 말에 조용히 생각에 잠겼다.

'도대체 무슨 구멍일까?'

그녀는 호기심이 일었다.

그리고 어떤 구멍이기에 이정남과 자신을 펜션에서 납치해왔을까?

의도적인 납치였다.

'진혁오빠는 우리가 납치된 것을 알까?'

지혜는 진혁이 걱정되었다.

처음에는 자신들이 납치된 것을 진혁이나 다른 이들이 모를까 걱정되었다.

하지만 상황을 보자니, 어쩌면 자신들이 납치된 것은 자신들 때문이 아니라 진혁을 타깃으로 삼은 게 아닐까 하는 생각이 들었다.

"매일 우리 같은 인부들이 저 구멍속에 던져진다네."

장씨는 다시 한번 한탄하듯이 말했다.

장씨의 그말에 이들을 감싸고 있던 다른 인부들도 고개를 끄덕였다.

"그깟 돈에 눈이 멀어서…."

"우리가 병신이지."

"우리는 아예 사람취급도 안하고 물건취급이네."

……

그들 모두 한마디씩 내뱉었다.

언제 죽어도 이상할 것이 없는 목숨이 되어서 그런 것일까.

누군가 한 사람 분노를 표출하자 덩달아 따라서 웅성거리기 시작했다.

"조용히 하시게."

장씨가 인부들에게 나지막하게 한마디 했다.

"우리가 입이 없습니까? 말이라도 …."

"목숨을 재촉할 수도 있다네."

장씨가 자신의 말에 따지려는 젊은 광부에게 얼른 대답했다.

"……"

순간 젊은 광부는 아무런 말도 못하고 얼굴이 창백해져 갔다.

장씨의 말이 옳다.

다른 광부들도 마찬가지였다.

순간 쥐죽은 듯한 적막감이 돌았다.

지혜는 그런 광부들의 모습이 안타까웠다.

하지만 어리고 연락한 그녀가 무엇을 할 수 있을까.

지혜는 조용히 구석으로 향했다.

그리고는 가부좌를 틀었다.

아무래도 그동안 신과 소통을 하지 않았는데 지금은 필

요한 시기였다.

너무도 어린 나이에 신을 받았고, 무녀가 되었다.

그것을 어머니 배영신은 늘 안타깝게 여겼다.

어머니를 위해서.

그리고 다시 돌아올 때가 있을 것이라던 신령의 말에 지혜는 무녀의 자리에서 물러났다.

어쩌면 지금이 다시 돌아갈 때인 듯 싶었다.

앞으로 어떤 상황일지.

이 주변에 어떤 일이 벌어지는지.

어린 그녀가 할 수 있는 최선의 일을 하기로 했다.

자신만이 할 수 있는 일 말이다.

이정남은 이미 지혜가 한때 무녀였던 것을 안다.

그로인해서 아이들과 어울리는 법도 잘 모른다는 것을.

그래서 태백산을 학교보다 더 좋아한다는 것도.

이정남은 가부좌를 틀고 앉아있는 지혜의 주변에 다가와 조용히 앉았다.

주변을 경계하면서 말이었다.

물론 지혜의 모습이 보이지 않도록 자신의 몸으로 가려주는 것도 잊지 않았다.

장씨는 그 상황을 보고 더는 묻지 않았다.

그저 이정남처럼 지혜의 앞에 앉았다.

꾸욱.

이정남과 장씨는 서로의 손을 마주 잡았다.

어쩌면 살아생전 이렇게 손을 잡는 것이 처음이자 마지막이 될지도 모르겠다.

이들은 서로의 손.

쭈글쭈글 늙고 상처투성인 손을 내려다보면서 희미하게 미소를 지었다.

탄광 안.

한쪽에는 기둥을 세워서 임시 사무실이 만들어져 있었다.

그리고 그곳에는 젠 폰 드니오가 서있었다.

"현재 작업 속도는?"

그는 무뚝뚝하게 화면을 들여다보고 있는 사람에게 물었다.

"오늘 저녁이나 내일 오전이면 가능하지 않을까 생각이 됩니다."

"흠."

젠 폰 드니오는 이맛살을 찡그렸다.

생각보다 진행속도가 늦고 있다.

'잘 데려왔지.'

젠 폰 드니오는 이정남과 지혜를 하늘마을 펜션에서 데려온 것에 대해서 생각했다.

'이 탄광이 그 자식거라니.'

젠 폰 드니오는 진혁 생각에 자신도 모르게 분노가 치밀 어졌다.

진혁이라는 애송이 때문에 자신의 입지가 상당 부분 약해졌기 때문이었다.

그리고 우연이라고 해도 이런 우연은 없다.

어떻게 진혁이 소유한 탄광이 그곳과 연결되는 곳이란 말인가.

젠 폰 드니오는 자신의 직감을 믿었다.

그래서 진행상황을 보고, 만약을 위해서 이들을 데려 왔다.

'내 직감이 틀리지 않는다면 그 녀석도 조만간 나타날 지도 모른다.'

젠 폰 드니오는 진혁을 생각하면서 주먹을 꽉 쥐었다.

일단 선기를 잡아야 했다.

이 일은 한치의 실수도 있어서는 안된다.

또한 과거에 진혁이 어떻게 그들이 하는 일마다 방해할 수 있었는지 밝혀낼 수 있을지도 모른다.

'네 놈 정체만큼은 내가 꼭 밝혀주마.'

젠 폰 드니오는 이를 막물었다.

"오늘 저녁에 실시한다."

그는 무덤덤한 어투로 말했다.

"그렇게 되면 광부들은……."

"상관없다."

젠 폰 드니오는 광부들의 목숨따위는 아랑곳하지 않았다.

"저, 좀 전에 데려온 자들은 어떻게 할까요?"

"이곳으로 데리고 와. 이 상황을 똑똑히 그들 눈앞에서 보여줘야지."

젠 폰 드니오가 잔인한 미소를 지었다.

"알겠습니다."

젠 폰 드니오의 지시를 받은 부하들은 재빨리 광부들을 가둬놓은 곳으로 향했다.

'훗, 내가 후계자로 오를 날이 멀지 않았다.'

젠 폰 드니오의 눈은 야심에 빛나있었다.

그의 스승은 아직도 오르마니아 셈의 전폭적인 신뢰를 받고 있지 못하다.

젠 폰 드니오는 늘 스승의 첫 번째 제자이길 원했다.

하지만 늘 스승은 자신보다는 다른 제자들을 더 우선으로 여겼다.

이제 자신에게 기회가 왔다.

스승인 윌리엄 드렛을 앞지를 수 있는.

바로 오르마니아 셈의 후계자가 될 수 있는 기회 말이었다.

물론 그의 야욕 같아서는 오르마니아 셈의 후계자로도 모자르다.

하지만 오르마니아 셈과 여타의 제자들, 그 자신도 마찬가지지만 커다란 차이가 있다.

오르마니아 셈은 이 지구상의 사람이 아니다.

판테온 이라는 세계에서 온 자.

흑마법사였던 자.

그 차이가 자신들과 오르마니아 셈의 차이를 알리고 있었다.

카르카스에 속해 있는 자들이라면 그 차이를 잘 알고 있었다.

지구인으로서 쉽게 올라설 수 없는 마법사의 지위.

오르마니아 셈이 갖는 그 능력 말이었다.

후계자가 된다면.

정식 후계자로 공포가 되다면 오르마니아 셈은 자신의 능력을 후계자에게 아낌없이 줄 것이다.

젠 폰 드니오는 그렇게 믿었다.

오르마니아 셈의 힘이 자신의 손에만 들어온다면 카르카스 뿐만 아니라 지구 전역을 자신의 수하에 차지하고 말 것이었다.

오르마니아 셈은 이미 죽어가고 있다.

그러니 그도 정식후계자에게 자신의 힘을 넘기지 않고서는 못배길 것이었다.

젠 폰 드니오는 반드시 이 일을 해내기 위해서 목숨까지 바칠 각오가 되어있었다.

✧

진혁은 젠 폰 드니오를 숨죽이며 지켜보았다.

'저 자다.'

진혁은 과거 베트남 항공 추락 사건 때 우연하게 보았던 얼굴을 떠올렸다.

분명 그때 그 자였다.

금발머리에 젊은 남자.

단서는 그것뿐이었다.

하지만 젠 폰 드니오의 얼굴을 보니 확신할 수가 있었다.

'저 자가.'

진혁은 두 주먹을 쥐었다.

사람의 목숨 따위는 아랑곳 하지 않는자.

목적을 위해서는 무슨 일이든 벌이는데 망설임이 없는 자.

진혁은 투명마법을 시현하여 자신의 소유중 한군데인 이곳 폐광으로 들어왔다.

다른 폐광과는 달리 이 폐광은 다이아몬드 심장이 담긴 폐광과 가장 근접해 있었다.

그리고 진혁은 이곳에서 이상한 기운이 새어나오는 것을

느꼈다.

지체하지 않고 바로 이곳에 잠입했다.

다행인 것은 젠 폰 드니오가 이곳에 마법진을 설치하지 않았다는 점이었다.

아마도 이 자들 말고 평범한 광부들이 많이 드나들었기 때문에 마법진의 설치가 오히려 번거로울 수 있었다.

어쨌거나 그 덕에 진혁은 자신의 정체가 드러나지 않고, 그리고 감시망에 걸리지 않고 여기까지 진입했다.

'광부들?'

진혁은 젠 폰 드니오를 한 번 쳐다보고는 안연우가 말한 사라진 사람들이 정말 존재한다는 것을 깨달았다.

무슨 이유에서인지 이들은 광부들을 모았다.

그리고 그 광부들을 이상한 기운이 새어나오는 구멍속으로 밀어넣는 것 같았다.

진혁은 그 구멍에 대해서도 의아하기는 마찬가지였다.

분명 자신의 폐광 외에는 다이아몬드 심장으로 향하는 길이 없다.

'또 다른 길이 있다는 건가?'

진혁의 가슴은 거세게 뛰었다.

혹시라도 이들이 무언가를 알고 있다면.

분명 우연이 아니다.

이 폐광을 목표로 삼은 것 말이었다.

사실 진혁은 모르고 있었다.

이들 역시 마찬가지였다.

폐광 중 지구의 심장부로 향하는 곳은 진혁이 직접 무너뜨린 폐광이었다.

하지만 그곳은 진혁에 의해서 특별한 기운이 전부 차단되었다.

그 덕에 카르카스에서도 그 폐광은 평범한 곳이라 여겼다.

그러나 가장 인접한 이 폐광.

선이 있으면 악이 존재한다.

그와 같은 이치로 이 폐광은 바로 어둠의 길과 연결된 것이었다.

흔히 지옥이라고도 한다.

하지만 사실상 지옥은 아니었다.

지옥으로 가는 길.

그 길은 또한 방향만 잘 찾으면 다이아몬드 심장으로 가는 길과도 연결되었다.

그런 어둠의 길이 연결된 곳이 이 폐광이었다.

바로 동전의 양면처럼 붙어 있었다.

카르카스의 사람들이 찾은 기운은 바로 이곳이었다.

악은 악과 친하다고 하지 않았던가.

진혁이 미처 몰랐던 이 폐광에서 새어나오는 이상한 기운

덕에 그들은 자신이 찾는 곳과 연결된 곳이라는 것을 알아 차렸다.

카르카스에서는 상당히 오랫동안 지구의 심장부를 찾는 일에 몰두했다.

그것은 오르마니아 셈의 숙명과도 같았다.

판테온과 마찬가지로 지구에도 어딘가에서 다이아몬드 심장이 돌아다닌다는 것을 그는 잘 알고 있었다.

그리고 그 심장만이 죽어가는 오르마니아 셈을 되살릴 수 있었다.

그가 악마와 거래하려고 했던 것도 그 때문이었다.

진혁이 하워드 잭슨에게 팔았던 운석.

그 운석을 하워드 잭슨은 다시 세계천문학회에 기증했 었다.

그것을 카르카스에서 젠 폰 드니오를 시켜서 수중에 넣 었다.

태초의 돌과 함께 떠돌던 운석들.

그 영향으로 운석들에도 특별한 능력이 있었기 때문이 었다.

오르마니아 셈은 천문에도 밝은 자였다.

그래서 닥치는 대로 그때의 운석들을 사거나 훔쳐서 모 았다.

그것들은 그 나름대로 필요한 일이 있었다.

죽음의 길을 심장부와 연결시키기 위해서 말이었다.

어쨌거나 그는 악마와 거래를 성공시켰다.

쥬아나처럼 수많은 사람들을 수 십 년 동안 희생시키면서 말이었다.

진혁은 자신의 발이 디딛고 있는 이 폐광에서 어떤 일이 벌어질지 정확하게 모르고 있었다.

'정말 이상하군.'

진혁의 얼굴에서는 긴장의 빛이 떠올랐다.

분명 쉽지 않은 일인 것만은 틀림없었다.

진혁의 심장이, 가슴이 거세게 뛰고 있었다.

게다가 젠 폰 드니오의 부하들은 곧 광부들 뿐 아니라 이정남과 지혜까지 데려왔다.

진혁의 얼굴이 더욱 새파랗게 질린 것은 당연했다.

'이대로는 안 되겠어.'

진혁은 고심했다.

지금 자신을 드러내서 이들과 싸울 것인지.

진혁은 좁은 탄광 안에서 자신이 이들과 싸우는 것이 과연 가능할까 생각해보았다.

'이 방법밖에는 없군.'

진혁은 입술을 깨물었다.

지혜는 총을 든 사람들에 의해서 강제로 끌려왔다.

하지만 그녀의 얼굴에는 두려움이라고는 찾아 볼 수가 없었다.

'호흡하고 느끼라 하셨어.'

지혜는 자신에게 말한 신령의 말씀을 떠올렸다.

분명 이유가 있을 거라고 생각했다.

장씨나 이정남등 다른 사람들은 모두가 두려움의 빛을 띠고 있었다.

여태까지 한 두 명을 데려가는 경우는 있었어도 이렇게 한꺼번에 사람들을 데려간 적은 없었다.

결국 이번 일의 끝에 다다랐다는 뜻도 되었다.

그리고 애초에 이들은 자신들을 살려줄 생각조차 없고 말이었다.

지혜는 사람들 틈바귀에서 호흡을 길게 했다.

'휴우….'

순간 그녀는 익숙한 기운이 느껴졌다.

진혁이었다.

보이지 않지만 틀림없는 진혁이었다.

'어, 어떻게?'

지혜는 궁금했다.

하지만 당황하지 않았다.

그녀는 기운이 느껴지는 곳을 향해서 뚫어지게 쳐다보았다.

그러자 그녀의 머릿속으로 한 생각이 밀고 들어왔다.

ㅡ시간을 좀 끌어줘.

진혁의 말투였다.

틀림없었다.

지혜는 고개를 끄덕였다.

그리고서 그녀는 사람들을 헤치고 앞으로 나아왔다.

"우리는 왜 잡아온 거예요?"

15살의 나이답지 않게 당돌한 어조로 젠 폰 드니오를 쳐다보면서 말했다.

젠 폰 드니오는 그런 지혜를 뚫어지게 보았다.

그는 한국말을 할 줄 안다.

하지만 그동안은 광부들에게 자신들의 대화를 숨기기 위해서 불어를 했다.

젠 폰 드니오는 거만한 자세로 고개를 들었다.

"네 오빠 탓이지."

"오빠요?"

지혜는 고개를 갸우뚱거렸다.

"친오빠도 아닌데 네가 끌려오다니 안됐구나."

젠 폰 드니오는 말은 그렇게 했지만 그의 얼굴 표정에는 동정이라고는 전혀 없었다.

"진혁 오빠가 왜요?"

지혜는 그런 젠 폰 드니오의 말꼬리를 잡았다.

"일종의 보험이라고 해두지."

"보험이요?"

"꼬마가 말이 길구나."

젠 폰 드니오가 이맛살을 찡그렸다.

어린 여자애와 입씨름 하고 싶은 생각은 전혀 없었기 때문이었다.

"이 사람들을 어떻게 하려고요?"

지혜는 젠 폰 드니오가 그러건 말건 신경 쓰지 않고 재차 질문했다.

"곧 알게 될 텐데 뭐가 궁금하지?"

젠 폰 드니오의 입가에 비정한 미소가 걸렸다.

"……."

지혜는 순간 말문이 막혔다.

그리고는 사람들을 번갈아 쳐다보았다.

모두가 공포에 질려 있었다.

"이들을……."

젠 폰 드니오가 입을 막 열던 참이었다.

부하 한명이 급하게 뛰어 들어왔다.

"왠 놈이 이곳에 왔습니다."

"뭐?"

젠 폰 드니오의 한쪽 눈썹이 올라갔다.

"최진혁이냐?"

"인상착의가 맞습니다."

부하는 고개를 끄덕였다.

"데려와라."

젠 폰 드니오의 얼굴에서 미소가 피어올랐다.

드디어 때가 왔다.

자신을 괴롭히던 놈을 이 기회에 박살 낼 수 있다.

부하들은 곧 진혁을 데려 왔다.

진혁은 아무런 저항도 하지 않고 이들이 내미는 총 앞에 순순히 따라 나섰다.

"훗."

젠 폰 드니오는 진혁을 보자 코웃음을 쳤다.

결국 이 놈도 별수 없다.

총 앞에서는 말이었다.

그간의 일은 어쩌면 우연일지도 모른다는 생각에 미쳤다.

그렇지 않고서 이 상황을 알았더라면 벌써 어떤 수를 썼을 지도 모른다.

"다른 자들은?"

"아무도 없습니다. 이 일대는 전부 경계를 서고 있습니다."

부하의 보고에 젠 폰 드니오는 더욱 의기양양해졌다.

"이게 다 무슨 일이지?"

진혁은 싸늘한 시선으로 젠 폰 드니오를 쳐다보았다.

"오빠!"

지혜가 진혁을 보면서 소리 쳤다.

'시간을 끌라고 하더니 왜 잡혔지?'

지혜로서는 진혁의 태도가 의아스러웠다.

하지만 분명 이유가 있을 거라고 생각했다.

그래서 지극히 당연한, 평범한 반응을 보이기로 했다.

"너가 왜 이곳에 있니?"

진혁은 지혜를 보고는 놀라는 척 했다.

"네 놈 탓 인줄만 알아라."

젠 폰 드니오가 끼어들어 한마디 했다.

그는 자신도 모르게 기분이 좋았다.

"광부들을 어떻게 할까요?"

부하가 젠 폰 드니오에게 물었다.

"집어넣어야지."

젠 폰 드니오가 고개를 끄덕이면서 말했다.

"잠깐, 이게 무슨 상황이지?"

진혁은 이해가 안된다는 듯이 젠 폰 드니오를 쳐다보았다.

"친절하게 알려줄까? 네 놈과 네 놈의 동생, 그리고 저 자들은 구멍속으로 쳐박힐 것이다."

젠 폰 드니오가 의기양양하게 말했다.

"……."

진혁의 얼굴은 사색이 질린 듯한 빛을 띠었다.

그때 부하 하나가 허겁지겁 달려왔다.

"젠 폰 드니오님!"

"또 무슨일이냐?"

"그분께서 오셨습니다."

"뭐?"

젠 폰 드니오는 순간 자리를 박차고 일어났다.

"그래도 네 놈은 아직까지 일어서기는 하는구나."

어디선가 얕고 가느란 목소리가 들려왔다.

오르마니아 셈.

그가 이곳에 온 것이었다.

"오, 오셨습니까?"

젠 폰 드니오는 한쪽 무릎을 꿇었다.

최대한 오르마니아 셈을 향해서 경의를 표하기 위해서
였다.

"저 자들은 뭐지?"

"제물들입니다."

"이제 필요 없다."

오르마니아 셈은 진혁을 한번 쓰윽 쳐다보고는 말했다.

"아직까지 구멍이 완전하지 못합니다."

젠 폰 드니오가 말했다.

"이 자 정도면 충분하겠는데."

오르마니아 셈은 진혁을 가리켰다.

"……."

젠 폰 드니오는 아무런 말도 하지 못했다.

"이 자와 함께 너도 가라."

"그, 그건."

젠 폰 드니오는 오르마니아 셈의 다음 말에 사색이 되었다.

아직까지 구멍의 깊이는 알 수가 없다.

그들이 알고 있는 죽음의 길까지 연결되어있는지 여부조차 말이었다.

그런데 자신까지 그곳으로 들어가라니.

젠 폰 드니오의 얼굴은 그야말로 구겨져버렸다.

죽으면 후계자 따위가 무슨 소용이란 말인가.

오르마니아 셈은 그런 젠 폰 드니오의 표정을 알고도 모르는 척 했다.

"나도 간다."

오르마니아 셈은 나지막하게 말했다.

그리고는 온 몸을 감싸고 있는 두건을 잠시 벗었다.

진혁은 보았다.

인간이라고 할 수 없을 만큼.

거의 해골이라고 해도 좋을 만한 자가 두건에서 모습을 보이는 것을.

진혁과 오르마니아 셈과의 처음 만남이었다.

젠 폰 드니오는 자신 뿐만 아니라 카르카스의 수장인 오르마니아 셈이 함께 간다는 말에 아무런 반박도 못하고 그저 멍하니 있었다.

오르마니아 셈은 그런 젠 폰 드니오를 무시하고 진혁의 앞에 섰다.

거의 해골뿐인 그의 눈이 광채처럼 순간 빛났다.

"좋은 몸이군. 딱 맞아."

오르마니아 셈은 진혁의 모습을 위아래로 훑어 보면서 말했다.

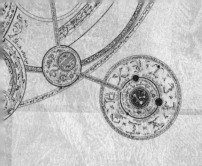

Return
of the Meister

NEO MODERN FANTASY STORY

8. 죽음의 길

8. 죽음의 길

진혁은 오르마니아 셈을 쳐다보았다.

'저 자가 카르카스의 수장이구나.'

진혁은 오르마니아 셈에게서 흘러나오는 기운이 흑마법사의 그것과 같다는 것을 깨달았다.

'분명 판테온에서 넘어온 자일 것이다.'

진혁은 오르마니아 셈 때문에 자신이 판테온에 넘어가게 되었다는 것을 전혀 몰랐다.

과거 오르마니아 셈은 또 다른 차원, 지구가 존재하는 것을 알았다.

흑마법을 통해서 아주 우연하게도 말이었다.

그는 그곳에서 왕이 되기로 했다.

245

그리고 흑마법과 악마와의 계약으로 그 목적을 달성했다.

적어도 지구에 넘어오는 일은 말이었다.

그 덕에 판테온에서 빈 자리만큼 지구에서 진혁이 의도치않게 판테온으로 끌려갔다.

오르마니아 셈도 몰랐던 문제였다.

진혁 자신도 말이었다.

공간이.

차원이 스스로 생명력을 가지고 자신을 보호하고 자신을 지키고 있다는 것을 말이었다.

어쨌거나 오르마니아 셈은 100년 전 지구에 도착했다.

하지만 그 다음이 문제였다.

생각보다 지구는 마나가 적었다.

사람들이 마법을 시현하지 못하는 이유가 마나라는 것조차 알지 못해서였다.

그리고 설령 안다고 해도 지구라는 곳은 마법을 시현할만큼 충분한 마나가 없었다.

7서클의 마법사였던 그가 모든 힘을 동원해도 1, 2서클의 마법만 간신히 시현할 정도였다.

결국 오르마니아 셈은 지구에서 살아남을 수 있는 방법을 강구했다.

카르카스라는 조직을 세웠다.

자신을 위해서 헌신하는 사람들로 채웠다.

자신이 가지고 있는 마법을, 비록 1, 2서클이라고 하지만 지구에서는 충분히 위력적이었다.

은밀하게 힘을 사용했다.

그 덕에 지구에서 권력을 쥘 수 있었다.

그 다음은 쉬웠다.

하지만 오르마니아 셈은 죽어가고 있었다.

판테온과 다른 환경.

더구나 흑마법사인 그에게 있어서는 마나의 꾸준한 공급은 필수적이었다.

그는 제자들을 여타 이유를 들어 정식 후계자를 정하지 않았다.

오히려 후계자 자리 싸움으로 제자들을 붙였다.

'분명 내가 살 길은 있어.'

오르마니아 셈은 애초에 자신의 자리를 제자들에게 넘겨줄 마음이 손톱만큼도 없었다.

자신의 능력도 말이었다.

그저 이들은 소모품에 불과하다.

자신이 힘을 갖게 될 수 있도록 말이다.

그는 비로소 자신의 힘을 되찾을 기회를 가질 수 있었다.

이 기회를 한낱 소모품인 젠 폰 드니오에게 줄 수는 없다.

물론 그가 자신의 생각에 반기를 들지 않도록 조심해야 한다.

"스승님."

젠 폰 드니오는 진혁과 다른 부하들이 바라보고 있는 것도 무시한 채 오르마니아 셈을 불렀다.

그만큼 이번 오르마니아 셈의 결정은 젠 폰 드니오에게서 아주 심각한 일이었다.

"내가 너하고 함께 하마. 너는 내 후계자로서 가장 유력한 자가 아니냐."

오르마니아 셈은 진혁을 바라보던 시선을 거두고는 젠 폰 드니오를 온화하게 바라보았다.

"아."

젠 폰 드니오는 오르마니아 셈의 말에 감동하고 말았다.

"너와 함께 가마. 내가 가야 네가 안전하다."

오르마니아 셈은 마치 젠 폰 드니오를 위해서 자신이 함께 가주는 것처럼, 선심 쓰듯이 말했다.

하지만 진혁의 눈에는 이 모든 것이 연극처럼 보였다.

'저 자는 흑마법사다. 속셈은 따로 있을 거야.'

진혁은 오르마니아 셈을 계속 주시하기로 했다.

-내가 저자들과 들어가고 나면 너는 내가 주는 이것을 터트려라. 최대한 다른 광부들과 함께 붙어있어라.

그 와중에도 진혁은 지혜에게 텔레파시를 넣는 것을 잊지 않았다.

이미 진혁의 텔레파시를 한번 받아본 지혜였다.

그녀는 어린 나이임에도 침착했다.

'신령님이 말한 것이 이것인가 보다.'

지혜는 조용히 고개를 끄덕였다.

그리고 진혁이 몰래 건네준 물건을 받아 손에 꽉 쥐었다.

지혜는 그 물건이 무엇인지 몰랐다.

하지만 신비로운 물건인 것만은 틀림없었다.

손 안에 든 감촉이 그리 말해주고 있었다.

진혁이 건네 준 것은 바로 공간이동 마법이 담긴 아티팩트였다.

물론 진혁이 자신의 힘을 최대한 끌어올려 만든 것이었다.

급하게 만든 것이기는 하나 진혁의 마력이 최대한 담겨있었다.

여차하면 그것을 터트려서 지혜와 다른 사람들을 구할 수 있을 거라고 계산했다.

자신이 이들과 함께 가는 것이 지금 상황 상 오히려 낫다고 보았다.

분명 밑이 보이지 않을 만큼 끝없이 펼쳐진 저 구멍 안에 어떤 비밀이 담겨있을 것이다.

그리고 그것은 다이아몬드 심장과 관련된 일인 것 만은 틀림없었다.

그렇기 때문에 자신이 가야했다.

더구나 상황은 진혁에게 유리하게 펼쳐지지 않았던가.

카르카스의 수장뿐만 아니라 이곳의 책임자 인 듯한 젊은 사내조차 함께 구멍 속으로 들어간다.

그렇다면 이곳에 남는 자들은 그다지 별 힘이 없는 자들이다.

지혜는 진혁을 걱정스러운 눈빛으로 쳐다보았다.

-내 걱정 말고. 그걸 터트리면 이곳을 탈출할 수 있을 거다. 예전에 내가 알려준 비상연락처 알지? 그곳으로 연락하면 된다.

진혁은 차분한 어조로 지혜에게 텔레파시를 넣었다.

'이것으로 안심이다.'

진혁은 지혜를 바라보면서 미소를 지었다.

비록 15살이긴 하지만 지혜는 이런 일에 당황하지 않고 침착한 자세를 유지하고 있었다.

그녀라면 광부들의 목숨도 구할 수 있을 거라고 생각했다.

"이만 가자."

오르마니아 셈이 젠 폰 드니오를 보면서 말했다.

그 말을 신호로 모두가 분산하게 움직였다.

젠 폰 드니오는 자신의 품안에서 운석을 꺼내들었다.

오르마니아 셈 역시 마찬가지였다.

그들은 각각 운석을 가지고 있었다.

"전부 필요할 게다."

오르마니아 셈이 말했다.

그리고는 손을 내밀었다.

젠 폰 드니오는 순간 당황했다.

운석을 자신에게 맡기려고 하는 줄 알았다.

하지만 오르마니아 셈의 손은 빈손이었다.

즉, 자신의 운석을 오르마니아 셈에게 넘기라는 뜻이었다.

젠 폰 드니오는 알 수 없는 불안감을 지울 수가 없었다.

"내가 앞장 서마."

오르마니아 셈은 부드러운 어조로 말했다.

"감, 감사합니다."

젠 폰 드니오는 그 제서야 안심했다.

카르카스의 수장인 젠 폰 드니오가 자신을 희생 제물로 삼는 게 아닌가 싶었는데 오히려 그 반대이지 않는가.

오히려 젠 폰 드니오를 아끼는 듯 싶었다.

그렇지 않고서야 저 곳을 앞장 서겠다는 말을 할 수가 있을까.

젠 폰 드니오는 감격에 찬 표정으로 자신의 품안에 있던 운석을 오르마니아 셈에게 건네주었다.

"이 자들은 필요 없다. 저 자와 네 부하 3명만 데려가자꾸나."

오르마니아 셈은 부드러운 어조로, 그렇지만 단호하게 말했다.

어차피 많은 수가 구멍 속으로 들어갈 필요는 없다.

많은 이들에게 알려질 필요도 없다.

그리고 사람 수가 많아질수록 오르마니아 셈의 힘은 급격하게 줄기 때문이 못할 정도의 인력이면 되었다.

마음 같아서는 젠 폰 드니오 말고 다른 부하들까지 데려갈 필요조차 없었다.

하지만 진혁을 끌고 가기위해서 최소한의 부하들은 필요했다.

"알겠습니다."

젠 폰 드니오는 고개를 끄덕이고는 부하들에게 명령을 내렸다.

모두가 분산하게 움직였다.

"저, 저자들은 어떻게 할까요?"

부하들 중 하나가 젠 폰 드니오에게 물었다.

광부들을 말하는 거였다.

이정남과 지혜를 포함해서 말이었다.

진혁이 어떤 힘이 있는지 알기위해서 이정남과 지혜까지 납치해왔다.

그러나 의외로 진혁은 그다지 위력적인 인물이 아니었다.

젠 폰 드니오로서는 괜한 헛짓을 한 셈이었다.

하지만 그는 개의치 않았다.

"일단 가두어두고 우리가 들어가면 전부 죽여."

젠 폰 드니오가 차갑게 말했다.

어차피 처음부터 이들은 살려둘 생각이 없었다.

제발로 죽으러 들어온 자이다.

세상의 일이 어디 쉽게 뜻대로 될까.

돈에 눈 먼 자는 목숨으로 대신할 뿐이었다.

그게 젠 폰 드니오의 생각이었다.

지혜는 젠 폰 드니오의 대화를 들었다.

하지만 침착하게 아무런 표정을 짓지 않았다.

괜히 이정남이나 장씨 등 광부들을 자극할 필요가 없었다.

오히려 그녀는 사람들에게 몰래 속삭였다.

"제 곁에 바짝 모이세요."

이정남이나 장씨는 의아한 표정을 지었지만 이내 고개를 끄덕였다.

무슨 수가 있을 것이다.

이정남은 진혁이 순순히 저들과 함께 가는 것을 보고 놀랐다.

아니 그가 아는 진혁이라면 애초에 버젓하게 이곳에 나타나지도 않을 사람이었다.

자신들이 이곳에 납치된 정황을 눈치 챈 이상, 사람들을 데리고 나타나지 혼자 나타날 이유가 없었다.

그런데 진혁은 그랬다.

즉, 어떤 수가 있다는 뜻이었다.

이정남이 침착하게 고개를 끄덕이자 다른 사람들도 덩달아 안심이 된 듯한 표정을 지었다.

모두들 지혜의 주변으로 조금씩 몸을 붙여 왔다.

❖

오르마니아 셈이 운석 하나를 들고 무언가 외치기 시작했다.

진혁은 그 말의 의미를 알아들었다.

'문을 열라?'

진혁은 오르마니아 셈의 기괴한 행동을 차분하게 지켜보았다.

'운석에 힘이 있었나 보다.'

진혁도 오르마니아 셈이 가지고 있는 운석이 어떤 것인지 알아보았다.

자신이 팔았던 29kg짜리 운석.

그 거대한 운석이 오르마니아 셈의 품안에 나온 것도 신기한 일이었다.

물론 지구인들이라면 말이다.

하지만 오르마니아 셈이 흑마법사이니 그다지 진혁으로
서는 놀랄 일이 아니었다.

아공간을 만들어놓은 것 일테니 말이었다.

진혁 그처럼 말이었다.

그리고 무게나 부피는 얼마든지 줄이거나 늘일 수가 있
었다.

그정도는 어려운 일도 아니었다.

그 예로 오르마니아 셈이 품안에 꺼내었던 운석은 처음
에 작은 크기였다.

하지만 오르마니아 셈이 주문을 외울수록 점점 그의 손
바닥 위에서 커지기 시작했다.

하지만 오르마니아 셈은 그것이 무겁다는 표정은 전혀
짓지 않았다.

오히려 새털처럼 가벼운 것처럼 보였다.

'확실히 저 자는 흑마법사야.'

진혁은 오르마니아 셈의 몸안을 스캔해 보았다.

'써클 수가 2개군. 나머지는 거의 소멸 직전이야.'

진혁은 오르마니아 셈이 왜 그렇게 구멍 안에 집착하는
지 그 이유는 알 것 같았다.

자신의 서클 수를 완전하게 부활시키기 위해서이다.

그의 가슴 안에는 2개의 써클과 5개의 부서지고 낡은
서클이 있다.

이미 소멸되었어야 할 5개의 서클이 잔상처럼 남아있는 것이었다.

그것을 남기기 위해서 오르마니아 셈이 어떤 사악한 짓을 서슴없이 했을지 안보아도 뻔했다.

흑마법사들이 하는 짓꺼리였다.

어떤 연유에서 써클이 사라질 수 있다.

그럴 때 보통의 백마법사들이라면 그것을 받아들인다.

하지만 흑마법사들은 그렇지 않다.

그들은 자신의 가슴 안에 사라진 써클의 잔상을 쫓아 악마와 계약을 한다던 지, 기타 사악한 방법을 이용해서 그것을 부활시키려고 한다.

충분한 마나가 공급된다면 가능한 일이었다.

하지만 지구에서는 어림도 없는 일이었다.

'저 자가 얼마나 오랫동안 이런 짓을 벌였을지.'

진혁은 치가 떨렸다.

그간 진혁이 보았던 사건만 해도 말이었다.

전부 카르카스와 연결되어있다고 확신은 하지 못한다.

하지만 진혁은 느낌이 왔다.

전부 저 자의 야욕.

자신의 안위만 생각하는 욕심 때문에 벌어진 일이라고 말이었다.

진혁은 오르마니아 셈을 반드시 제거하기로 마음먹었다.

저런 자를 살려두어서는 절대로 안 된다.

하지만 오르마니아 셈 곁에 다가가기는 쉽지 않았다.

진혁을 향하고 있는 부하들의 총구 따위는 상관없다.

문제는 오르마니아 셈 주변에 강하게 쳐져있는 쉴드였다.

그것은 그의 제자라는 젠 폰 드니오도 못보는 것 같았다.

'분명 저 자는 기회가 되면 자신의 제자까지 팔아먹겠군.'

진혁은 젠 폰 드니오를 보면서 안쓰러운 생각마저 일었다.

욕심에 차서 자신의 스승을 제대로 보지 못하고 있다.

아마 오르마니아 셈이 어떤 자 인줄 안다면 절대로 저 자의 밑에서 꼭두각시 노릇을 하지는 않을 텐데.

오르마니아 셈은 그 자신만을 위하는, 철저히 그런 자였다.

흑마법사들이 원래 그랬다.

진혁이 그렇게 오르마니아 셈과 젠 폰 드니오를 보고 있을 때였다.

마찬가지로 젠 폰 드니오도 오르마니아 셈과 진혁을 번갈아 주시하고 있었다.

스승이 마음에 들어 한 육체를 가진 진혁.

우연 치고 모든 일이 맞물려 있었다.

묘하게 말이었다.

젠 폰 드니오 자신이 의도하지 않았는데도 말이었다.

그리고 중요한 것 한 가지.

지금 오르마니아 셈은 주문을 외우고 있었다.

그의 손바닥 위에서 운석이 점점 커지고 있었다.

그런데 그것을 보는 진혁의 얼굴에는 아무런 미동조차 없었다.

어떻게 그럴 수가 있지?

좀전에 진혁이 보인 태도로 보아서는 그는 평범한 자였다.

그런데 지금의 행동은 너무도 침착하다.

마치 일부러 따라온 것 같다는 느낌마저 지울 수가 없었다.

지금 스승이 벌이고 있는 주문을 너무도 잘 아는 것처럼 말이었다.

'절대 우연이 아니다.'

젠 폰 드니오는 자신이 진혁을 좀 전에 약소 평가했다는 생각을 지울 수가 없었다.

오르마니아 셈은 주문이 끝났는지 손바닥 위에 들고 있던 운석을 구멍 안으로 떨어트렸다.

'뭐지?'

진혁은 그 광경을 유심히 쳐다보았다.

젠 폰 드니오도 마찬가지였다.

여지껏 본적이 없는 광경이었기 때문이었다.

폐광 깊숙한 바닥에 뚫려있는 구멍은 너비가 약 2m터 쯤 되었다.

그리고 그 밑은 지구상의 최신식 기계로 측정해도 알 수 없었다.

그런데 무언가 그 구멍 안에서 떠오르고 있었다.

'태초의 돌 힘인가?'

진혁은 태초의 돌과 떠돌던 운석 역시 같은 힘을 가질 수 있다고 생각했다.

마치 철이 자석 옆에 있다 보면 자석과 같은 성질을 가지는 것처럼 말이었다.

하지만 태초의 돌과 같은 파괴력은 아닐 것이라고 애써 위로했다.

"자, 가지."

오르마니아 셈은 진혁을 보면서 말했다.

먼저 들어가라는 소리였다.

구멍 안으로 말이다.

진혁은 애써 연극할 필요성을 느꼈다.

좀전에 젠 폰 드니오가 자신을 유심히 보았던 것을 알고 있었다.

미처 생각지도 못했던 일이었다.

하지만 이대로 있다가는 자신의 정체가 어떻게 드러날 수 있기 때문이었다.

"제, 제가요?"

진혁은 다소 겁먹은 표정을 지었다.

"그렇게 겁먹을 것 같지 않은데?"

젠 폰 드니오가 진혁을 찔러 보았다.

"무섭습니다."

진혁은 중얼거리듯이 말했다.

오르마니아 셈이 진혁을 보면서 말했다.

"걱정 말게. 내 작품이나 감상하라고."

그는 자신만만한 태도였다.

'뭐지?'

진혁은 그런 오르마니아 셈을 의아하게 쳐다보았다.

오르마니아 셈은 지금 진혁의 써클 수를 알지 못한다.

물론 지구에서 5써클의 진혁은 오르마니아 셈보다 낮을 수 있다.

하지만 오르마니아의 5개 써클이 거의 잔상밖에 없기 때문에 오히려 진혁보다 마법 서클수로는 낮다고 봐야 했다.

진혁이 자신의 써클 수 뿐만 아니라 마력조차 갈무리했기 때문에 오르마니아 셈이 알아챌 수는 없었다.

하지만 진혁에게서 풍겨지는 느낌.

그 느낌으로 오르마니아 셈은 진혁을 선택했다.

외모나 나이, 체격 조건 등 전부를 따져서 봐도 말이었다.

여지껏 보았던 최고의 사내였다.

진혁은 자신을 겨누고 있는 총구에 어쩔 수 없이 구멍 쪽으로 향했다.

한발.

그의 발이 구멍 쪽으로 디딛었다.

"어서."

젠 폰 드니오가 재촉했다.

꿀꺽.

진혁은 무척 겁먹은 듯한 연기를 펼쳤다.

만약 무슨 일이라도 생기면 그 자신이 마법을 시현하면 된다.

하지만 그렇게 되면 이들의 의도를 끝내 알수가 없다.

여지까지 이들의 꼬리만 밟았던 진혁으로서는 오늘 반드시 이들의 머리를 잡아야했다.

진혁은 어쩔 수 없다는 듯이 나머지 발을 구멍 쪽으로 디딛었다.

그 광경을 오르마니아 셈이 흐뭇하게 바라보았다.

…….

진혁의 두 발이 구멍 위에 서있었다.

아무런 일도 없는 것처럼 말이었다.

"봤지?"

오르마니아 셈이 의기양양한 표정을 지었다.

그때였다.

무언가 아래에서 진혁을 서서히 끌어당겼다.

"어, 어……!"

진혁이 놀란 듯이 비명을 질렀다.

"걱정 말게."

오르마니아 셈은 진혁을 달래듯이 말했다.

그리고는 거침없이 구멍 쪽으로 향했다.

그 역시 진혁처럼 구멍 안으로 뛰어 든 것이었다.

모든 것은 안전했다.

젠 폰 드니오도, 그의 부하들 세 명도 구멍 안쪽으로 들어섰다.

모두가 밑에서 당기는 부드러운 힘에 아래로 끌려들어갔다.

그렇게 얼마나 끌려들어갔을까.

진혁은 한참이라고 생각했다.

지루했다.

그저 밑으로 끝없이 끝없이 내려가기만 했다.

진혁이 의도하는 것은 아니었다.

알 수 없는 힘이 그와 오르마니아 셈의 일행들을 당기고 있었다.

오르마니아 셈의 경우는 이 상황을 즐기는 듯 했다.

젠 폰 드니오와 다른 부하들은 그저 멍한 눈치였다.

끝없는 아래로 들어간다는 것이 얼마나 위험한 일인지 저들은 알고 있을까?

진혁은 위를 쳐다보았다.

젠 폰 드니오를 보면서 생각했다.

아마 저 자는 오르마니아 셈에 의해서 철저하게 소모품으로 쓰여질 것 같다.

안쓰럽다.

자신의 야욕에 어두워서 제대로 사람을 보지 못하는 실수를 저질렀다.

이렇게 깊은 구멍.

이런 구멍 속으로 들어간다는 것이 무엇을 의미하겠는가.

진혁은 구멍 안으로 내려가면 갈수록 이곳이 어떤 곳인지 짐작이 갔다.

분명 지옥과 연관된 그 무엇일 게다.

지구에서 절대로 존재할 수 없는.

그러나 또한 존재하는 길.

그 길이 존재한다면.

동전의 양면처럼 선악의 길이 존재한다.

진혁은 자신의 불안감이 현실로 다가왔음을 깨달았다.

'다이아몬드 심장을 반드시 지켜야 한다.'

진혁은 그곳의 다이아몬드 골렘을 떠올렸다.

4, 5서클이었던 그도 다이아몬드 골렘을 이기지 못했다.

물론 오르마니아 셈이 현재의 서클수로는 골렘이나 기타 몬스터들을 이길 수는 없다.

분명 다른 방법이 있는 것이다.

진혁은 아랫입술을 꽉 깨물었다.

❖

진혁을 포함한 6명은 구멍 끝, 바닥이라고 생각하는 것에 두 발이 닿았다.

"자, 계속 걷지."

오르마니아 셈은 앞쪽을 가리켰다.

"여, 여길요?"

진혁은 오르마니아 셈을 떠보기 위해서 주저거리면서 질문을 했다.

"생긴 것과 달리 겁은 있군."

오르마니아 셈이 진혁을 보면서 중얼거렸다.

하지만 진짜 겁을 먹은 사람은 따로 있었다.

젠 폰 드니오와 부하 세 명, 그들이었다.

너무도 깊숙한, 지구의 밑까지라고 해도 될 만큼 밑으로 내려온 이들은 이런 일에 몹시 당황했다.

게다가 내려올 동안 전혀 어둡지가 않았다.

구멍 위에서 내려 볼 때는 끝없이 어둡기만 했었는데 전혀 그렇지 않았다.

바닥에 도착하고도 마찬가지였다.

훤하다.

그렇다고 아주 밝다는 것은 아니다.

그러나 사람들이 충분히 앞을 보고 걸을 수 있을 정도였다.

그러다보니 자연스럽게 주변을 볼 수가 있었다.

이들이 내린 곳 주변에는 기괴하게 생긴 박쥐처럼 보이는 것이 천장에 달려 있었다.

그것뿐이 아니었다.

곳곳이 번쩍이는 눈동자가 보였다.

형체는 알 수가 없었다.

게다가 그것뿐이 말이 아니다.

어디선가 용암이 끓는 소리마저 들렸다.

마치 이 모든 것이 지옥의 문.

지옥에 들어선 것 같은 분위기였다.

아무리 사악한 일을 서슴없이 벌이는 젠 폰 드니오라고 할지라도 이 상황에서 두렵지 않다면 거짓말이리라.

"스스, 스승님."

젠 폰 드니오의 입에서 오르마니아 셈을 부르는 소리가 나왔다.

"너무 겁먹지 말게. 이곳은 아직 시작이야."

오르마니아 셈이 빙그레 웃었다.

"이곳이 어디인지 알려주십시오."

젠 폰 드니오가 침을 꿀꺽 삼키면서 말했다.

애초에 자신이 이곳에 오리라고는 생각지도 못했다.

그렇기 때문에 더욱 두려움이 컸다.

"지옥의 문 정도라고 알게."

오르마니아 셈은 별거 아니란 식으로 말했다.

하지만 그를 뺀 나머지 사람들의 반응은 달랐다.

"네!"

"네에?"

진혁도 이들과 마찬가지로 놀라는 척 했다.

젠 폰 드니오의 눈동자가 커져갔다.

"걱정 말래도. 우리는 지옥까지 들어가지는 않아. 그 옆 길로 살짝 갈 테니."

오르마니아 셈이 다소 짜증난다는 식으로 말했다.

그로서는 일일이 사람들에게 이런 말을 해주는 것이 몹시 귀찮았다.

아무리 제자라고 해도 말이었다.

보기보다 더 연약한 놈이다.

오히려 진혁이란 놈이 더 탐이 났다.

물론 진혁도 이런 상황을 처음 당하는 지 놀라워하기는 했다.

하지만 그의 강인한 신체는 미동도 없었다.

그에 반해 젠 폰 드니오는 온몸을 떨고 있었다.

'약해 빠진 놈.'

오르마니아 셈은 자신의 계획을 일부 수정할 생각까지 했다.

그는 앞장서서 지옥의 길을 걸었다.

"내가 걸은 곳만 디디도록 해."

오르마니아 셈은 선심쓰듯이 말했다.

그 뒤로 진혁과 젠 폰 드니오, 부하 세 명이 걸었다.

모두가 오르마니아 셈이 걸은 곳만 디디면서 걸었다.

몹시 두려웠기 때문이었다.

젠 폰 드니오도 더 이상 오르마니아 셈에게 질문은 하지 않았다.

약한 놈이란 인식을 심어준 듯해서였다.

오르마니아 셈이 자신을 쳐다보는 눈빛이 그랬다.

그는 불안한 마음을 억누르고 스승의 발자국을 따라 열심히 걸었다.

우르르릉 콰쾅!

어디선가 천둥 번개가 치는 소리가 들렸다.

하지만 이제는 그 소리도 익숙해졌다.

콰콰콸콸콸!

우르르르릉.

우우우우우웅.

온갖 소리가 옆에서 났다.

용암끓는 소리는 이제 애교였다.

기괴한 생명체가 내뿜는 숨소리와 함성.

번개가 내리꽂히는 광경.

어디선가 자신들을 향해서 내지르는 소리.

그런 것들이 끝없이 들려왔다.

그중에서 제일 괴로웠던 것은 바로 인간들의 신음소리
였다.

"구해주세요!"

"살려주세요!"

"으아아아아아악!"

끝없는 비명.

살이 타고.

뼈가 부러지는 소리가 이곳저곳에서 연신 났다.

그리고 그들의 발목을 당장이라도 잡을 것만 같은 그들
의 손이 여기저기 불쑥불쑥 튀어나왔다.

조금이라도 방심하면 끌려갈 수도 있다는 생각에 이들

은 한 걸음 한 걸음 신중하게 오르마니아 셈이 걸었던 자리를 뒤쫓아 갔다.

삐걱.

제일 뒤에 걸어오던 세 명의 부하들 중 한사람이 그만 발목을 접질렀다.

극도로 긴장한 탓이었다.

그 바람에 그는 몸의 균형이 흔들렸다.

그리고 한 발이 옆으로 벗어났다.

오르마니아 셈이 걸어간 길에서 말이었다.

우걱.

찹.

"흐아악!"

무언가 그의 발목을 잡았다.

그는 놀래서 비명을 질렀다.

멈칫.

진혁은 뒤를 돌아보았다.

젠 폰 드니오도 마찬가지였다.

"버려두고 가."

오르마니아 셈은 뒤돌아보지도 않고서는 상황을 아는 것 같았다.

그는 무정하게 한마디 뱉고는 여전히 앞을 향해서 걸었다.

젠 폰 드니오는 자신의 부하를 한번 쓰윽 쳐다보고는 오르마니아 셈이 걸어간 길을 보았다.

스승인 오르마니아 셈이 멀어질수록 자신들이 있던 곳의 공간의 빛이 희미해져간다.

그렇다면 이곳에 안전하게 내려온 것도.

주변이 환한 것도.

전부 오르마니아 셈이 갖고 있는 신통력 때문일 것이었다.

놓쳐서는 절대 안 된다.

"가, 같이…."

젠 폰 드니오는 말도 제대로 나오지 않는지 허둥지둥 대면서 오르마니아 셈이 걸어간 길 쪽으로 걸어가 버렸다.

'비열한 것들.'

진혁은 그런 두 사람이 기가 막혔다.

하지만 지금은 눈앞의 이 사람을 구해야 한다.

비록 자신에게 총구를 향한 자라도 말이었다.

"내 손을 잡으시오."

진혁은 자신의 손을 내밀면서 말했다.

"고, 고마……."

젠 폰 드니오의 부하인 자는 허겁지겁 손을 내밀었다.

"당신들도 가버릴게 아니라면 손을 잡아주시오."

진혁은 다른 부하 2명에게 말했다.

그들은 젠 폰 드니오처럼 쉽게 동료를 버리지 못하고 그 자리에 우물쭈물 서있었다.

어떻게 해야 할 지 엄두가 나지 않았다.

그들은 진혁의 지시에 그 제서야 정신을 차린 듯이 진혁의 양손을 잡았다.

진혁은 옆으로 빠져 들어가는 부하의 손을 잡고 그대로 잡고 있었다.

사실 진혁 혼자서도 이 사람을 구하는 것은 충분하다.

하지만 일부러 나머지 두 사람의 마음을 떠보기 위한 행동이었다.

'아직까지는 동료마저 버릴 만큼 썩지는 않았군.'

진혁은 내심 안도를 했다.

그들은 전심으로 밑으로 빠져 들어가는 자를 끄집어냈다.

진혁은 적당하게 힘을 줘가면서 그 자를 꺼냈다.

끄으응차.

끙차.

세 사람의 이마에는 땀이 흘렀다.

진혁 역시 일부러 땀이 흐르는 것처럼 보이게끔 했다.

쑤우우우욱.

다행히 밑으로 빠져 들어가던 자는 다시 원래대로 올라섰다.

"고, 고맙소."

그 사람은 얼굴을 붉혀가면서 진혁과 나머지 동료들에게 말했다.

"이제 총구가 향할 곳이 어딘지 아시겠습니까?"

진혁이 강렬한 눈빛을 쏘면서 이들에게 말했다.

"……."

"……."

"……."

세 사람은 진혁의 말에 아무런 대답도 할 수가 없었다.

진혁의 말이 맞기 때문이었다.

자신이 믿었던 조직의 수장과 그 제자는 자신들을 한낱 소모품처럼 여긴다.

이런 곳에 데려와서는 귀찮다는 듯이 죽게 내버려두었다.

이들도 사람이었다.

세 사람은 고개를 끄덕였다.

진혁의 입가에 희미한 미소가 떠올랐다.

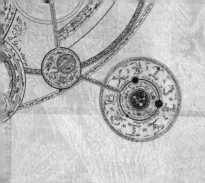

Return of the Meister

NEO MODERN FANTASY STORY

9. 마몬과의 첫만남

9. 마몬과의 첫만남

Return of the Meister

오르마니아 셈은 진혁이 나머지 부하들과 따라오는 것을 느끼고는 미소를 지었다.

자신이 제대로 본 것 같다.

비록 오르마니아 셈의 생리에는 맞지 않는 인물이기는 하지만 그의 새로운 몸으로는 최상급인 셈이다.

사람의 몸은 단순히 육체적인 것만으로 따지지 않는다.

그 안에 깃든 힘.

그리고 순수도가 중요하다.

진혁이 분명 다른 수하들과 함께 수렁에 빠진 자를 구해냈을 것이다.

그것만 봐도 진혁이라는 육체가 얼마나 순수할지.

오르마니아 셈은 자신도 모르게 군침이 돌았다.

한시바삐, 다이아몬드 심장을 찾아 자신의 힘을 완전히 되찾고 진혁이란 육체를 손에 넣고 싶어졌다.

지금의 육체는 아무리 봐도 썩어빠진 해골뿐이었다.

'저 놈의 육체.'

오르마니아 셈은 군침 돈 표정으로 진혁을 유심히 살폈다.

그에 비해서 자신의 제자 젠 폰 드니오는 마음에 차지 않았다.

사실 젠 폰 드니오를 그동안 가장 자신의 육체를 담기에 그나마 적합하다고 생각했다.

애초에 그는 젠 폰 드니오를 후계자로 정할 생각조차 없었다.

자신의 육체를 삼을 그릇으로 보았던 것이었다.

오르마니아 셈이 그런 생각을 하면서 길을 걸어가고 있었다.

그의 앞에 하얀 연기가 서리기 시작했다.

"멈춰라."

오르마니아 셈은 뒤따라 오는 사람들에게 말했다.

모두가 경직된 자세로 그 자리에 섰다.

오르마니아 셈의 표정 역시 심상치 않았다.

그는 여지까지 보여준 고압적인 태도가 순식간에 변했다.

두건을 벗고, 양손을 모았다.

무언가 기다리는 눈치였다.

모두가 오르마니아 셈의 행동을 따라서 정중한 자세로 서있었다.

분명 무언가를 맞는 태도였다.

그리고 그 대상은 오르마니아 셈 조차 어쩔 수 없는 높은 자일 것이다.

흐흐흐흐흐.

흐아아악.

휘이이이익.

휙.

기괴한 바람소리.

그리고 사람이 웃는 건지 알 수 없는 소리가 섞여 들려오기 시작했다.

바람인지 사람인지.

몬스터인지.

뭉게 뭉게.

하얀연기는 여전히 오르마니아 셈 앞에 피어올랐다.

오르마니아 셈은 꼼짝도 않고 그 자리에 서있었다.

이윽고 하얀 연기는 그들이 서있는 곳을 꽉 차기 시작했다.

진혁은 하얀 연기에 뒤덮이자 정신을 잃을 것만 같았다.

무언가가 자신의 콧속으로, 입속으로, 눈속으로 스며들었다.

아니 열려있는 그의 피부 모공 하나 하나마다 전부 스며들었다.

그리고 그의 오장육부를 뒤흔들었다.

그의 기운 하나 하나.

아주 티끌 같은 먼지 한터럭까지 샅샅이 말이었다.

진혁은 아득히 정신을 잃을 것만 같았다.

❖

"여긴 어디지?"

진혁은 순간 자신도 모르게 소리를 질렀다.

아무도 없다.

좀 전까지 그와 함께 있던 오르마니아 셈도, 젠 폰 드니오도… 다른 이들까지 말이었다.

아니 지금 서 있는 곳까지 모든 게 달랐다.

좀전의 보았던 광경이 전혀 아니다.

'이계!'

진혁은 곧 이곳이 어떤 곳인지 알아차렸다.

전혀 다른 세계.

분명 진혁은 좀 전의 그 장소에 있다.

다만 그 속에 펼쳐진 이계 속에 있을 뿐이었다.

흐하하하하하!

좀 전의 들었던 바람소리 같은.

사람소리가 들려왔다.

하지만 이번에는 좀 더 뚜렷하게 느껴졌다.

'악마인가.'

진혁은 이곳에서 마주칠 존재는 악마밖에 없다고 생각했다.

그리고 실제로 그 악마를 생각하는 순간 자신의 눈앞에 서있음을 깨달았다.

검은 두건을 수도사 복장을 입은 악마였다.

눈은 두건에 가려 보이지 않는다.

크기도 얼추 진혁과 비슷했다.

물론 악마의 의도일 게다.

그들은 자신의 체구를 충분히 줄일 수 있으니깐 말이었다.

더구나 이곳은 악마의 길 아닌가.

그들의 홈그라운드다.

진혁은 침착하게 눈앞에 나타난 악마를 노려보았다.

그가 틀리지 않았다면 이 악마의 이름은 마몬일게다.

검은 두건을 쓰고 사람처럼 생긴 악마 마몬.

곱상한 외모와는 달리 7대 악마에 속하는 무시무시한 악마였다.

게다가 마몬의 성별에 대해서는 아직도 남성이니 여성이니 토론할 만큼 모호했다.

어쨌거나 곱상한 외모 덕에 생기는 논란이었다.

그는 조용히 진혁을 쳐다보고만 있었다.

'싸울 의사는 없는가 보지.'

진혁은 내심 안도를 했다.

만약 마몬이 작정하고 자신을 해치기로 했다면 벌써 그랬을 것이다.

7대 악마를 겨우 5서클의 자신이 이길리는 만무다.

그가 가지고 있는 엔키릴 등을 총동원해도 말이었다.

'침착하자.'

진혁은 정신만 차리면 살아날 길이 있을 것이라고 믿었다.

"최진혁입니다."

진혁은 정중하게 마몬에게 인사를 건넸다.

"니 놈은 내가 누군지 아는군."

마몬의 거친 말과는 달리 부드러운 여성의 목소리가 흘러나왔다.

"마몬 아니십니까? 7대 악마 중 한 분이라고 알고 있습니다."

"알긴 하는군."

"왜 이곳에 나타나셨는지 알 수 없습니까?"

"저 녀석이 불렀다."

마몬은 별거 아니란 식으로 말했다.

하지만 진혁은 그것이 오르마니아 셈이라는 것을 알았다.

설마 7대 악마인 마몬이 오르마니아 셈 같은 흑마법사가 부른다고 올까.

필시 운석 때문 일게다.

그렇다면 그것은 태초의 돌.

태초의 돌 힘이었다.

진혁은 자신도 모르게 입가에 빙그레 미소가 걸렸다.

"네 놈은 당황하지 않네?"

마몬은 진혁을 보면서 고개를 갸우뚱 거렸다.

"저 자의 속셈은 무엇입니까?"

진혁은 되려 질문을 했다.

"왜 내가 말해줄 거라고 생각하지?"

"언제든 절 죽이실 수 있잖습니까? 이왕 나오셨으니 오랜만에 인간과 대화를 하고 싶으신 거 아닙니까?"

"말은 청산유수군."

마몬은 코웃음을 치면서 말했다.

하지만 진혁의 말은 사실이었다.

태초의 돌.

그 힘이 탐나서 운석을 받으려고 이곳에 나왔다.

그가 인간을 다시 본 것도 어언 몇 천 년이 지났다.

그래서 그런지 진혁처럼 자신에게 기죽지 않고 대화하는 인간에게 흥미가 일었다.

"뭐, 말해도 상관없으니 알려주지. 맨 앞에 있는 늙은이는 니 놈의 육체를 탐하고 있지."

마몬은 손가락을 들어 진혁의 몸을 가리켰다.

"역시."

진혁은 고개를 끄덕였다.

오르마니아 셈의 불쾌한 시선에서 이미 느꼈기 때문이었다.

늙은 자들이 탐내는 것이 바로 불로불사 영생과 함께 젊은 육체이기 때문이었다.

"그리고 그 자는 지 제자를 희생하길 원하지."

마몬은 친절하게 덧붙였다.

진혁도 이미 알고 있는 사실이었다.

"제자란 놈은 지 스승을 꽉 믿고 있지. 자신에게 능력을 건네줄 것을 기대하면서 말이지."

"한심스럽습니다."

"그렇지. 뭐 그런 인간들이 있으니 우리가 잘 먹고 잘 사는 게 아닌가?"

마몬은 신난 듯이 말했다.

진혁은 어쩔 수 없다는 듯한 표정으로 고개를 끄덕였다.

지구상의 모든 인간이 만약 선하다면 지옥은 과연 존재할까?

물론 진혁으로서는 그 대답을 알 수가 없다.

인간이 존재 하기 이전에 악마는 존재해왔다고 알려져 있으니깐 말이었다.

하지만 힘은 약하겠지.

지금처럼 강한 악마들은 아니겠지.

진혁은 쓸쓸한 미소를 띠었다.

"나머지 세 놈은 널 믿고 있군."

마몬이 계속 말을 이어 나갔다.

"원래는 저 자들 편인데 이제는 너를 따르는군. 흥미로운데?"

마몬은 진혁을 보면서 말했다.

"넌 사람들을 끄는 뭔가가 확실히 있군. 나조차 말이야."

마몬은 진혁을 요지조리 뜯어보면서 말했다.

"그 이유가 무엇인지 궁금해."

"그렇다면 절 보내주시길 바랍니다."

"내가?"

마몬이 손가락을 들어 자신을 가리켰다.

"아마 이미 그렇게 결정한 것 같습니다."

진혁은 침착한 어조로 말했다.

"하긴 그래. 난 이미 저 놈에게 지 제자를 제물로 받았거든."

"……"

진혁은 마몬의 말에 좋은 기분은 아니었다.

비록 젠 폰 드니오가 사악한 놈이라고 해도 말이었다.

악마에게 자신의 제자를 제물로 바치다니.

"원래는 그게 너였어. 안 그랬다면 넌 벌써 죽었을 텐데."

마몬은 뭐 새삼 큰 일도 아니라는 표정으로 말했다.

"아."

진혁은 하얀 연기가 피어오를 때 이미 그들의 운명은 결정난 것을 깨달았다.

그것이 마몬이었다.

이미 그 시점에서 상황은 끝난 것이었다.

"그렇다면 절 왜 이곳으로 데려오셨습니까?"

진혁이 마몬에게 질문을 했다.

"흥미로워서. 네놈도 아까 말했지만."

마몬은 고개를 갸우뚱거리면서 말했다.

"그냥 보내기가 아까워, 아까워."

마몬은 뭔가 아쉽다는 듯이 말했다.

진혁은 최대한 아무런 생각을 하지 않은 채로 마몬을 쳐다보았다.

위험하다.

그의 마음속에서 알리는 경고였다.

마몬은 느릿느릿한 걸음으로 진혁의 주변을 돌아다녔다.

진혁은 한발자국도 움직일 수가 없었다.

그만큼 마몬이 갖는 위력은 매우 컸다.

"흐음."

마몬은 뭔가 거슬리는 게 있다는 듯한 표정이었다.

하지만 계약은 계약이다.

운석과 제물 하나를 받는 댓가로 이들을 보내줘야 한다.

다이아몬드 심장이 있는 곳으로 말이었다.

그런데 진혁에게 뭔가 끌리는 부분이 있었다.

그 부분이 무엇인지 알아내려고 했다.

하지만 진혁에게서 아무것도.

심지어는 그의 정신 속을 헤집었다.

하지만 진혁의 정신 속에서도 아무것도 알아내지 못했다.

진혁은 그대로 서있었다.

여기서 한마디를 더 보태는 것이 도움이 되지 않는다.

그냥 마몬이 하고 싶은대로 내버려두기로 했다.

"알수 없군."

마몬은 고개를 갸우뚱했다.

그 바람에 검은 두건 사이로 마몬의 반짝이는 눈빛이 진
혁의 눈과 마주쳤다.

'마몬이 여자인가?'

진혁은 마몬의 얼굴을 한순간이지만 보았다.

정말 예쁘다.

눈이 보이는 것과 안 보이는 것은 하늘과 땅의 차이라 더니.

충분히 이해가 갔다.

"내 눈 봤어?"

"……."

진혁은 마몬의 질문에 아무런 대답도 하지 않았다.

어떤 답이든 마몬의 마음대로 할 것이 뻔했다.

"운이 좋군. 내 눈을 본 자는 살려준다는 나만의 철칙 이 있지. 오르마니아 셈의 약속 따위는 중요하지 않아. 네 목숨을 살린 것은 네 놈이 운이 좋아서다. 똑똑히 기억해 라."

마몬은 그렇게 말하면서 손을 들었다.

펄럭.

그의 소매가 바람에 펄럭이는가 싶었다.

❖

진혁은 이내 정신을 차렸다.

좀 전의 그 곳이었다.

다만 달라진 게 있다면 그의 앞에 서있던 젠 폰 드니오의 처참한 모습뿐이었다.

그의 몸은 두 개로 갈라져 바닥에 좌우로 널브러져 있었다.

그런 상황에도 오르마니아 셈은 미소를 짓고 있었다.

"됐다."

그는 진혁이나 다른 부하들이 듣고 있던 말던 신경 쓰지 않았다.

그리고는 품안에 있던 또 다른 운석을 꺼내들었다.

젠 폰 드니오가 그에게 바쳤던 운석이었다.

'정말 비열한 놈.'

진혁은 전신이 부들부들, 분노로 떨렸다.

그뿐만이 아니었다.

젠 폰 드니오의 부하였던 세 사람 역시 두려움과 분노로 가득찼다.

하지만 오르마니아 셈을 상대로 정면으로 대항할 수가 없었다.

지금 이곳은 오르마니아 셈만이 알고 있는 장소였다.

이들이 살아 돌아 간 이후에 따져도 따질 문제였다.

오르마니아 셈은 또 다시 주문을 읊조렸다.

이번의 주문 역시 진혁도 대충 알아들을 수가 있었다.

판테온의 고대주문.

숨겨진 힘을 찾는 주문이었다.

'여기서 저 자를 해치워?'

진혁도 망설였다.

다른 세 명의 부하와 마찬가지 이유에서였다.

지금 지옥의 길은 진혁으로서도 어쩔 도리가 없다.

이곳을 일단 벗어난 이후에 해결해야 했다.

마음 같아서는 당장이라도 오르마니아 셈을 해치우고 싶었다.

'침착하자.'

진혁은 오르마니아 셈이 원하는 곳이 어디인지 이미 알고 있지 않는가.

스스로를 다잡았다.

그는 힘줄이 솟아오른 양 주먹을 꾸욱 부들부들 떨었다.

하지만 지금은 아니다.

진혁의 얼굴이 점점 어두워져 가는 만큼 오르마니아 셈의 얼굴은 점점 밝아져 가고 있었다.

이제 그의 종착지.

종착지에 거의 다 온 셈이었기 때문이었다.

오르마니아 셈의 손에 있던 운석이 순식간에 빛나기 시작했다.

밝은 빛이 쏟아져 나온다.

그 빛이 지옥의 길을 채웠다.

그 자리에 있던 이들은 눈조차 뜨질 못할 정도였다.

그와 동시에 뭔가 출렁거렸다.

진혁은 자신의 몸이 이동하고 있다는 것을 깨달았다.

'다이아몬드 심장 쪽인가?'

진혁으로서는 그렇게 짐작할 수밖에 없었다.

흔들흔들.

출렁출렁.

따뜻한 물속에 있는 기분이었다.

퍼엉.

순간 뇌에서 무언가 터지는 소리와 함께 진혁은 눈을
떴다.

"다이아몬드 골렘!"

진혁은 그 자리에서 소리를 지를 뻔했다.

태초의 돌과 함께 우주를 떠돌았던 운석.

그 힘이 크긴 컸나보았다.

다이아몬드 심장부로 향하는 길목에 서있는 다이아몬드
골렘들이 여기저기 널브러져 있는 것이 보였다.

"흐흐흐흐. 제대로 왔군."

오르마니아 셈은 히죽히죽 거렸다.

쓰러져 있는 다이아몬드 골렘들의 모습을 보고 있자니
기분이 좋았다.

진혁은 다이아몬드 골렘들의 상태를 체크했다.

다행히 기절한 것 같았다.

아마도 운석이 순간적으로 발휘한 힘과 빛 때문에 힘을 잃고 정신을 잃은 것 같았다.

"저 쪽으로 가자."

오르마니아 셈은 세 명의 부하들을 향해서 말했다.

하지만 그들은 아무런 대꾸도 없이 진혁 쪽을 바라보았다.

"니놈들!"

오르마니아 셈이 화가 난 듯이 소리를 질렀다.

"소리쳐야 소용없습니다. 자신의 부하를, 그것도 아끼는 제자까지 제물로 바치는 양반에게 충성을 바칠 부하가 어디있겠습니까?"

진혁이 나지막하게 오르마니아 셈에게 말했다.

"이놈들이 지옥의 길에 빠져나오니깐 나를 무시하는군."

오르마니아 셈은 소리를 질렀다.

"이미 그때부터 당신은 신뢰를 잃었습니다."

진혁은 무서울 만큼 차분한 어조로 말했다.

"겨우 육체 따위가."

오르마니아 셈은 진혁을 얕잡아 보면서 말했다.

자신의 힘이라면 진혁 쯤은 한방에 제압할 수 있을 거라는 오만에서였다.

"겨우 육체 따위가 하는 공격을 어디 방어해보시지."

진혁은 여태까지의 태도를 버리고 오르마니아 셈을 향해서 말했다.

그리고는 곧바로 파이어 윈드를 시현했다.

파이어 윈드는 비록 1, 2 써클이어도 시현 가능하다.

하지만 진혁은 일부러 그 위력을 3 써클 정도의 수준으로 펼쳤다.

즉, 자신이 마법사임을.

그리고 적어도 오르마니아 셈보다 써클 수가 더 많은 마법사인 것을 드러내기 위해서 말이었다.

하지만 자신의 써클 수나 마력에 대해서는 여전히 감추어두었다.

오르마니아 셈 같은 흑마법사들을 상대할 때는 자신의 전체를 드러내보여서는 안되기 때문이었다.

"마, 마법사!"

오르마니아 셈은 진혁이 시현한 파이어 윈드를 보고서는 놀래서 소리쳤다.

그리고는 재빨리 품안에 준비한 아티팩트 하나를 꺼내들어서 파이어 윈드를 향해서 던졌다.

마법 무력화 아티팩트였다.

진혁은 이미 오르마니아 셈에게 많은 아티팩트가 있을

것이라고 예측했다.

그간 조정원 등을 만나본 경험으로 말이었다.

저런 자는 절대로 자신을 위협에서 내버려두지 않을 자였다.

무서울 만큼 자기애, 나르시즘이 강했다.

하지만 오르마니아 셈의 입장에서는 이 상황이 어벙벙하기까지 했다.

생각지 못한 변수였다.

물론 오르마니아 셈 뿐만 아니었다.

함께 따라온 젠 폰 드니오의 수하였던 세 부하들 역시 마찬가지였다.

카르카스가 어떤 곳인가.

흑마법사인 오르마니아 셈을 수장으로 모시고 있는 곳이었다.

비록 정식으로 마법을 펼치는 마법사가 드물다고는 하지만 마법진이나 아티팩트의 개발 덕에 다들 한 두 번 쯤은 마법을 보았다.

하지만 진혁이 그런 마법사라니.

생각지도 못한 일이었다.

"네 놈이 여지껏 정체를 감추었다니!"

오르마니아 셈은 분노로 인해서 어쩔 줄 몰라 했다.

"네 놈의 수작질을 좀 보려고 했다."

진혁은 오르마니아 셈을 깔보듯이 말했다.

"괘씸한 노옴!"

오르마니아 셈은 소리를 질렀다.

"니 놈이 펌하한 이 육체를 탐내서 제자를 제물로 바쳤다는 것을 안다."

진혁은 차분하게 말했다.

"어차피 그 놈은 소모품이다."

"그렇겠지. 니 놈에게는."

진혁은 씁쓸하게 웃었다.

오르마니아 셈 같은 흑마법사는 절대 알 수 없을 것이다.

자신이 무엇이 잘못되었는지.

마법을 탐하고.

힘을 탐하고.

그러다보면 어느 순간 자신의 이지를 잃고.

인간다움을 잃게 된다.

자연히 힘과 능력만 쫓는 괴물이 탄생하는 것이다.

사람이면서 사람이 아닌 자들이었다.

오르마니아 셈은 자신을 경멸하듯이 바라보는 진혁을 노려보듯이 보았다.

하지만 그의 눈빛은 이내 경탄에 찼다.

"어떻게 지구에서 그럴 수 있지?"

그는 진혁이 갖는 힘이 놀랍기 짝이 없었다.

지구에서 어떻게 마나를 모을 수 있었는지.

이런 3써클의 마법을 자유자재로 부릴 수가 있는지.

그리고 어떻게 저렇게 젊은 육체인지.

그가 본 진혁의 몸, 육체는 너무도 순수하고 정갈했다.

미치도록 탐이 날 만큼.

자신의 제자마저 버릴 만큼 말이었다.

"어떻게 되던데?"

진혁은 별거 아니란 식으로 말했다.

"방법을 말해다오."

오르마니아 셈의 눈빛은 간절했다.

진혁이 터득한 방법을 알 수만 있다면 자신의 모든 것을 바쳐서라도 얻고 싶었다.

"나에게 많은 재물이 있다. 네가 사는 한국이란 나라를 통째로 살 수 있을 만큼 말이다."

오르마니아 셈이 말했다.

"돈 따위는 필요 없다."

진혁은 오르마니아 셈을 노려보았다.

"하긴 돈을 바라는 녀석이라면 그처럼 순수한 육체는 가지고 있지 않겠지."

오르마니아 셈이 당연하다는 듯이 수긍했다.

"무엇을 원하니?"

그는 진혁을 달래듯이 말했다.

"이곳에서 물러서라."

진혁이 대답했다.

"그럴 수 없단다. 이곳은 내 마지막 남은 희망이다."

오르마니아 셈은 진혁을 달래듯한 투로 말했다.

적어도 진혁이 자신보다 써클 수가 많은 마법사이다.

어떻게 보면 그의 육체로서 더욱 완벽하다.

일단은 잘 달래놓아야 한다.

그리고 틈을 보아야 한다.

오르마니아 셈은 진혁을 금방이라도 삼킬 것 같은.

탐욕스러운 눈초리로 바라보았다.

그의 품안에는 아직 운석이 한 개 더 남아 있었다.

언제든 이 운석은 그가 원하는 결과를 가져다 줄 것이
었다.

게다가 아티팩트도 그의 아공간 속에 엄청나게 쌓여져
있었다.

써클 수가 부족하더라도 진혁을 제압하는 것은 일도 아
니라고 생각했다.

진혁은 진혁 대로 오르마니아 셈을 노려보았다.

그리고 긴장의 끈을 놓지 않았다.

분명 오르마니아 셈은 자신보다 진혁이 써클 수가 우세
인 것을 알고 있다.

그렇지만 그의 태도는 여전히 진혁을 아랫사람 대하듯

이 하고 있었다.

'한 수가 있어.'

진혁은 오르마니아 셈이 믿는 구석이 있을 것이란 판단을 했다.

그렇다면 그 믿는 구석은 운석 정도의 위력을 가진 것이리라.

"이곳이 왜 남은 희망이지?"

진혁은 일부러 오르마니아 셈에게 질문을 던졌다.

"왜냐면 말이다."

오르마니아 셈은 느릿느릿하게 말했다.

순간 그의 손이 품안으로 들어서는 것이 진혁의 눈에 들어왔다.

위험하다.

진혁의 본능이 알리고 있었다.

진혁은 자신과 이들의 부하였던 자들의 주변으로 강한 쉴드를 쳤다.

오르마니아 셈의 손에서 운석이 들려나왔다.

"그것을 던지면 이 육체는 산산조각나고 말 것이다."

진혁은 오르마니아 셈을 향해서 소리쳤다.

멈칫.

오르마니아 셈은 진혁의 말에 낭패라는 표정을 보였다.

그의 말이 옳았다.

자칫하면 진혁이 박살나곤 만다.

그의 육체.

진심으로 탐이 난 오르마니아 셈으로서는 그렇게 둘 수는 없었다.

하지만 진혁을 이기려면 이 수밖에 없다.

오르마니아 셈은 잠시 신음했다.

하지만 이내 그는 비릿한 미소를 머금고는 외쳤다.

"네가 자진해서 육체를 바쳐라. 안그러면 네 뒤에 있는 세 놈은 이 세상 사람이 아닐 것이다."

"네 놈 부하인데?"

진혁은 기가막히다는 표정으로 오르마니아 셈에게 말했다.

"하지만 이제는 네 편인 거 같군."

오르마니아 셈은 아무런 상관도 없다는 듯이 말했다.

진혁으로서는 기가 막혔다.

하지만 이들을 죽게 내버려 둘 수는 없었다.

"살, 살려주십시오."

세 사람은 그 자리에서 주저앉아 벌벌 떨면서 말했다.

이제 그들에게는 진혁 밖에 없었다.

진혁이 자신들을 포기하고 나면 모든 것이 끝이었다.

젠 폰 드니오가 어떻게 죽었는지 두 눈으로 똑똑히 보지 않았던가.

순식간에 하얀연기에 둘러 쌓이더니, 그대로 몸이 두조 각이 났다.

그런 광경을 생생하게 보았던 그들이었다

지금 일어나는 일들은 아무리 익숙해져도 익숙한 일이 전혀 아니었다.

마법에 이미 익숙해진 그들이었지만 말이었다.

"침착하십시오."

진혁은 그들에게 한마디 하고는 다시 오르마니아 셈을 쳐다보았다.

동시에 오르마니아 셈의 눈빛과 허공에서 부딪혔다.

두 사람의 시선은 그야말로 불꽃이 일 정도로 강렬하게 서로를 노려보았다.

'어떻게 하지.'

진혁은 난처했다.

지금 이 상황에서 자신이 어떤 수를 써야할지 고민이 되었다.

그때였다.

그의 머릿속에 한가지 생각이 흘러 들어왔다.

-태초의 돌을 꺼내세요.

마고였다.

진혁은 그 목소리를 듣는 순간 알았다.

-위험이 너무 큽니다.

진혁이 마고에게 텔레파시로 대답했다.

-걱정 마십시오. 우리 다이아몬드 심장을 우습 게 보시 는군요.

-…….

마고의 말에 진혁은 아무런 대답도 할 수가 없었다.

태초의 돌이 얼마나 위력적인지 잘 알고 있다.

설령 태초의 돌을 다이아몬드 심장이 감싼다고 해도 그 후유증이 있을 수 있었다.

진혁의 심장이 그렇게 말하고 있었다.

하지만 마고는 그렇게 하라고 종용했다.

지금 이 상황에서 운석을 대항해서 이곳에 있는 세 사람 의 목숨을 살리고 오르마니아 셈을 제압할 수 있는 방법은 그것뿐이었다.

"으음…."

진혁은 자신도 모르게 신음 소리를 냈다.

오르마니아 셈은 그것이 자신 때문인 줄 착각했다.

그래서 그런지 그의 표정은 의기양양해졌다.

"아무리 생각해도 방법이 없지? 그만하고 이리와. 네 놈 은 내가 특별히 아주 아주 아껴서 오래오래 육체로 쓰도록 하지."

오르마니아 셈이 손을 내밀었다.

그 순간, 진혁은 아공간에서 태초의 돌을 던졌다.

정확히는 오르마니아 셈에게 있는 운석을 향해서 말이었다.

그냥 의념만으로 가능했다.

태초의 돌은.

그것만으로도 오르마니아 셈에게로 날아갔다.

으아아아아악!

으악!

오르마니라 셈은 갑자기 날아오는 무언가의 힘에 자신도 모르게 비명을 질렀다.

과거와 같다.

그가 판테온에서 지구로 넘어올 때 느꼈던 공간이 일렁이는 기분.

정신이 아득하게 멀어지는 그런 기분 말이었다.

그리고 이번에는 그의 몸이 그 공간의 휘어짐을 견디지 못하고 산산 조각 나고 있었다.

오르마니아 셈의 정신은 그것을 똑똑히 느끼고 있었다.

그가 살아온 세월과 그 세월 동안 습득했던 흑마법의 지식과 능력이 너무 사악해서 일까.

그의 육체가 조각조각 나는데도 그의 정신은 쉽게 죽지를 못하고 있었다.

육체가 산산조각 나는 그 처참한 고통을 남김없이 전부 느껴야 했다.

그는 비명을 질렀다.

하지만 그의 비명은 사람들에게 닿지 않는다.

마지막 육체의 한 터럭가지 전부 무로 돌아가자 비로소 그의 정신은 죽음에 들었다.

태초의 돌.

그 위력이었다.

진혁은 그 광경을 똑똑히 보았다.

오르마니아 셈의 육체가 완전히 먼지가 되어 허공으로 돌아가는 것을 말이었다.

진혁의 뒤에 있던 세 사람 역시 마찬가지였다.

그들은 놀란 토끼처럼 눈이 휘둥그레 져서 그 광경을 보더니 이내 풀썩 하고 쓰러졌다.

진혁은 깜짝 놀라 뒤를 돌아보았다.

그 자리에 마고가 서있었다.

"걱정 마세요. 이들이 눈떴을 때는 모든 기억이 사라졌을 거에요."

"그들은 어디로?"

"그것도 염려 마세요. 제 각기 가고 싶었던 그리움의 곳으로 돌아갔답니다."

마고가 싱긋 웃으면서 말했다.

"그리움의 곳?"

진혁은 언뜻 이해가 안 된다는 듯이 말했다.

"당신이 구해줬던 사람은 늘 고향으로 돌아가고 싶어 했었어요. 그런데 카르카스에 너무 발을 들여서 돌아갈 수가 없었죠. 이제는 됐어요. 그들은 모두 자신들이 가고 싶던 그리움의 곳으로 갔어요. 안전하답니다. 그들은 카르카스를 기억하지 못할거에요."

마고는 진혁이 이해하도록 친절하게 설명했다.

"태초의 돌은?"

"다이아몬드에게 둘러싸여 있어요."

"괜찮으십니까?"

진혁은 지구의 어머니, 마고의 표정을 살피면서 물었다.

"괜찮아요. 시간이 좀 필요할 뿐. 오히려 감사드려요."

마고는 온화한 미소를 지었다.

진혁은 그런 마고의 미소가 슬퍼 보였다.

비록 진혁에게 내색은 하지 않았지만 상당수의 다이아몬드가 부서졌을 것이다.

그 말은 마고에게도 큰 영향을 끼쳤으리라.

"당분간 치료에 전념해야겠죠. 지구를 잘 부탁해요."

마고는 진혁에게 말했다.

"카르카스 말고도 이곳을 노리는 자들이 많습니까?"

"글쎄요. 이곳의 존재를 노린다라기 보다 지구 자체를 노리는 자들은 아직도 많으니깐요."

마고는 슬픈 듯이 말했다.

"제가 어떻게 해야?"

진혁이 의아한 표정을 지으면서 물었다.

"잊혀진 대륙으로 한 번 가주세요. 부탁드려요."

마고는 조용히 진혁에게 고개를 숙였다.

너무도 많은 짐을 진 자에게 미안한 마음을 표출하기 위해서였다.

진혁은 그것이 무엇을 의미하는지 알았다.

"알겠습니다."

진혁은 조용히 대답했다.

Return of the Meister

NEO MODERN FANTASY STORY

10. 끝이자 시작

10. 끝이자 시작

Return of the Meister

젠 폰 드니오의 수하들은 탄광에 갇혀있는 광부들에게로 향했다.

한꺼번에 대량의 사람들을 죽인다는 것이 그들에게도 꺼림칙스러운 일이기도 했다.

차라리 탄광에 폭탄을 설치하면 훨씬 더 좋으련만.

그러기엔 오르마니아 셈등 앞서 구멍에 들어간 이들이 다시 나올 때를 생각해서 절대로 그럴 수는 없었다.

이들은 그들이 나올 때까지 이곳을 지키는 역할을 맡고 있었다.

그런만큼 그들이 나올 때, 이곳에 성가신 존재들을 보아서는 안된다.

오르마니아 셈이나 젠 폰 드니오 같이 수 십 명, 아니 수백 명을 제물로 바치는 이들에게야 큰일도 아니지만 적어도 이들은 시키는 대로 할 뿐이지, 사람을 죽이는 문제는 양심의 가책을 느끼고 있었다.

하지만 카르카스의 명령은 지엄하다.

그리고 엄격하고 무섭다는 것을 이들은 잘 알고 있다.

이 명령은 반드시 지켜져야 한다.

카르카스의 수하들은 모두 총을 들고 광부들을 향해 총구를 겨누었다.

그때, 지혜가 광부들 무리에서 한걸음 앞으로 나섰다.

그녀는 낭랑한 목소리로 카르카스의 수하들에게 외쳤다.

"저 같은 여자아이에게도 총을 겨누셔야 하겠어요?"

지혜가 앙칼진 목소리로 자신들에게 총을 겨눈 자들의 얼굴을 똑똑히 쳐다보면서 말했다.

사실 그녀는 시간을 다소 끌기 위해서였다.

그리고 그들의 이목도 말이었다.

"어쩔 수 없다. 우리도 명령을 받았으니."

이들중 한국인인 자가 대신 입을 열었다.

"명령을 받으면 사람을 죽이는 권리가 생기는 건가요?"

"······"

한국인인 카르카스 인물도 말문이 막혔다.

솔직히 눈앞에 서있는 소녀의 말이 옳다.

하지만 자신들이 옳은 일만을 해오는 단체가 아니다.

세계 지배라는 야욕을 달성하기 위해서 그 어떤 짓도 서슴없이 벌이지 않던가.

세계 지배.

그것은 카르카스의 수하들이라면 누구나 다 아는.

가슴 뜨거운 영광이었다.

"어린 것이 말이 많군."

카르카스의 한국인은 같은 동포를, 그것도 어린 소녀를 죽이는 것에 눈하나 깜짝하지 않았다.

아무래도 다른 동료들에게 본보기를 보여줘야 할 것 같았다.

그래야 광부들을 죽이는데 덜 망설일테니.

그는 지혜의 머리를 향해서 총을 겨누었다.

철컥.

그는 권총의 방아쇠를 잡아당겼다.

그와 동시에 눈앞의 소녀를 포함해서 광부들이 한순간에 사라졌다.

그것뿐이 아니었다.

콰쾅!

쿠르르르릉쿠쾅!

쾅쾅쾅쾅!

그들이 서있는 천장이 무너져 내리는 소리가 들렸다.

으아악!

으악!

쿠르르르릉.

쿠르릉.

순식간에 카르카스 수하들의 비명소리와 천장이 무너지는 소리가 뒤엉켰다.

지혜를 향해서 총을 겨누었던 한국인은 그 자리에서 즉사했다.

그의 머리 바로 위에서 커다란 돌덩어리가 떨어졌기 때문이었다.

❖

눈부신 햇살이 눈에 들어왔다.

지혜와 광부들은 눈살을 찡그렸다.

다음 순간, 그들은 자신들이 탄광 앞에 서있다는 것을 깨달았다.

"살… 살았다."

누군가의 입에서 중얼거림이 나왔다.

그와 동시에 광부들은 환호성을 질렀다.

지혜는 순간 눈물이 핑 돌았다.

진혁이 준 자그마한 물건이 자신들을 살렸다.

절체절명의 순간, 그 자그마한 물건에서 신통한 힘이 나타난 것이었다.

그것이 이렇게 탄광 안에서 탄광 밖으로, 이 많은 사람들을 옮길 수 있는 것 인줄은 꿈에도 몰랐다.

'오빠, 정체가 뭐지?'

지혜는 한순간 의문이 들었다.

하지만 이 순간은 그런 것을 따질 때가 아니었다.

어린 지혜지만 지금 자신이 해야 할 일이 있다는 것을 알고 있었다.

누군가 지혜를 향해서 물었다.

"이게 다 어떻게 된 일이지?"

장씨 뿐 아니라 광부들의 시선이 쏠렸다.

그들은 지혜의 말대로, 그녀의 주변에 서있었다.

그런데 한순간에 공간을 이동했다.

이것은 지구상에서 들어본 일이 없었다.

지혜는 침착하게 말하기 시작했다.

"저들이 갖고 있는 물건 중 하나라고 하더군요."

"그게 뭔데?"

이정남 조차 고개를 갸우뚱 거리면서 물었다.

"저도 잘 몰라요. 워낙 경황이 없어서. 진혁 오빠가 처음 그곳에 들어왔을 때 저에게 몰래 주셨어요."

"역시!"

이정남이 이해가 된다는 듯이 고개를 끄덕였다.

장씨나 다른 광부들은 사정을 몰라서 이정남의 얼굴을 쳐다보았다.

"그분이 일부러 그것을 전해주기 위해서 잡히셨군."

이정남은 목이 메여 말이 나오지 않았다.

하지만 진혁을 위해서 끝까지 광부들에게 그 이야기를 해주어야겠다고 생각했다.

"그 젊은이 말인가?"

장씨가 이정남을 보면서 물었다.

"그러네. 그분이 우리가 갇혀있는 탄광 안에 들어오신 것은 우연이 아니야. 우리를 탈출시키기 위해서 오셨던 거네. 그런데…."

이정남은 목이 메여 더 이상 말을 잇지 못했다.

지혜도 순간 눈물이 핑그르 돌았다.

그녀는 진혁이 시킨대로, 방금 전 자신들을 공간 이동시킨 물건이 저들의 물건이었다고 하라고 했다.

사실 지혜에게 저들의 물건이라고 말하면서 줄 수도 있었다.

하지만 진혁은 지혜에게 숨기지 않았다.

텔레파시를 할 줄 아는 진혁이 건네준 물건이 저들의 물건이었다고 하면 지혜가 이해했을까?

예전처럼 두루뭉술하게 넘어갈 수는 있었다.

하지만 그랬다면 지혜는 서운했을 것이었다.

그런 지혜의 심리를 진혁은 잘알고 있다는 듯이 자신에게는 진실을 말해주었다.

진혁의 힘.

마법.

진혁은 마법사였다.

그에게서 느껴지던 이상한 힘도.

자신에게 진혁을 마중 나가라고 재촉하던 계룡산 신령님의 말씀도 모두 이해가 가는 순간이었다.

큰 손님.

지구로서는 아주 큰 손님인 것이었다.

지혜로서는 진혁에게 물어볼 말이 너무 많았다.

하지만 지금은 눈앞의 사람들에게 집중해야 했다.

"오빠가 그들에게 끌려가지만 않았어도…."

지혜는 말꼬리를 흐렸다.

"그들이 그분을 탐낼 줄이야."

이정남이 맞장구를 치듯이 말했다.

하지만 그의 목소리에는 여전히 슬픔이 배어 있었다.

두 사람의 말에 광부들은 누구라고 할 것 없이 묵념을 하기 시작했다.

자신들을 가두어두었던 자들이 어떤 존재인 건간에 아주 잔인한 자들이었다.

그런데 그들중 가장 우두머리로 보이는 자들에게 진혁이 끌려갔다.

광부들이라도 진혁이 살아 돌아올 수 있을 것이란 생각은 하지 못했다.

그 상황에서 거의 100% 죽음밖에 없기 때문이었다.

그때 탄광 안쪽에서 무언가 소리가 일어나기 시작했다.

장씨는 그 소리를 알아들었다.

그는 다급하게 사람들에게 외쳤다.

"안에서 탄광이 무너지는 소리가 들리네."

이정남은 지혜의 손을 잡고 탄광 앞에서 뛰기 시작했다.

광부들 역시 마찬가지였다.

최대한 멀리, 무너지는 탄광에서 떨어져있는 것이 좋다.

❖

다다다다닥.

다다닥.

헉헉.

허억!

지혜와 이정남, 광부들은 있는 힘을 다해서 전속력으로 무너지는 탄광에서 죽어라 뛰었다.

삐이삐이.

멀리서 요란하게 사이렌을 울리는 경찰차가 줄지어 자신들이 있는 곳으로 오는 것을 보았다.

휴우.

모두들 머리 속에서는 살았다 라는 생각이 뇌리에 스쳐지나갔다.

"이봐요! 탄광이 무너져요!"

장씨가 경찰차를 향해서 소리 질렀다.

끼이이익.

끼익.

경찰차의 선두에 있던 안연우와 박정원이 사람들이 뛰어오는 것을 보고 차를 멈추어 세웠다.

벌컥.

그들은 재빨리 차에서 내렸다.

"탄광이 무너져요!"

이정남이 다급하게 소리치면서 손가락으로 바로 뒤의 탄광을 가리켰다.

보통의 탄광이라면 무너져도 그 근방에서만 멀어지면 안전하다.

하지만 이곳의 탄광은 가공할 위력을 가지고 있었다.

끝을 알 수 없는, 누군가는 지옥의 구멍이라고 불렀다.

그 지옥의 구멍 안을 알아내기 위해서 엄청나게 많은 폭약등 무기들이 탄광 안으로 반입되었었다.

장씨는 그것을 아주 잘 알고 있었다.

첫날부터 그들과 함께 있었으니깐 말이었다.

그들이 어떤 무기들을 가지고 왔는지 정확하게 몰라도 그의 눈으로도 알 수 있을 만큼 아주 위력이 강한 무기들이었다.

"사람들을 태워!"

이정남의 말에 박정원이 재빨리 상황파악을 했다.

벌컥.

벌컥.

벌컥.

순식간에 서있던 경찰차들의 문이 열리고 광부들은 서너명씩 타기 시작했다.

지혜와 이정남, 장씨는 안연우와 박정원이 몰고 온 차에 탑승했다.

"단장님은?"

안연우가 새파랗게 질린 시선으로 이정남을 향해서 물어보았다.

그가 말하는 단장님이란 진혁을 뜻했다.

"그, 그게…"

이정남의 얼굴에서 슬픔이 가득찼다.

흑흑흑.

지혜는 결국 참지 못하고 눈물을 흘리기 시작했다.

흑흑.

어어어어엉.

그녀의 흐느낌은 대성통곡으로 변해 있었다.

"……."

"……."

안연우와 박정원은 서로의 얼굴을 쳐다보았다.

그들의 얼굴도 매우 심각해졌다.

"자네가 말을 똑바로 해줘야지. 이분들이 오해하시겠
네."

장씨가 옆에서 이정남에게 뭐라 한마디 했다.

그의 말에 안연우와 박정원의 표정은 순간 환해졌다.

"무, 무슨 일이 있었습니까?"

박정원이 장씨에게 질문을 했다.

"잡혀갔습니다."

"잡혀갔다고요?"

장씨의 말에 박정원이 되물었다.

"그게, 우리가 끌려온 이유부터 설명해야 그분이 간 곳
이 설명되겠구만."

장씨는 요목조목하게 자신들이 탄광에 동원된 일과 탄
광에서 했던 일.

그리고 진혁이 찾아온 일등을 말했다.

끝으로 진혁이 그곳의 수장이라는 해골바가지처럼 생긴

자의 지명으로 함께 그 죽음의 구멍 속으로 들어갔다는 것
으로 말을 마쳤다.

"아…."

박정원과 안연우가 동시에 탄식을 내뱉었다.

그러나 그들의 얼굴은 아까처럼 심각하지는 않았다.

'그분이라면 살아남을 수 있을 거다.'

이것이 박정원과 안연우의 생각이었다.

이들을 태운 차는 그이후로 정적이 감돌았다.

최대한 탄광에서 멀어지기 위해서 차만 전속력으로 달
릴 뿐.

"우리 탄광은 괜찮을까?"

이정남이 창 밖의 풍경을 보면서 말했다.

어느새 이정남이 있는 하늘마을 펜션 쪽으로 다다랐다.

끼이익.

끼익.

차들은 일렬로 그곳 앞에서 섰다.

박정원과 안연우가 먼저 차에서 내렸다.

그뒤로 경찰차와 요원들을 태운 차들이 줄줄이 서있
었다.

KSPO의 요원들은 경찰들과 광부들은 차 안에 있게
했다.

요원들 중 몇몇이 전신을 감싼 특수복을 입은 채로 차

밖으로 내렸다.

그리고는 재빨리 특수한 기계를 꺼내들었다.

공기 중에 독소 성분을 확인하기 위해서 였다.

진혁이 탄광으로 향하기 전에 KSPO에 연락을 취했기 때문에 이들도 하늘마을 펜션에 뿌려진 독소의 존재를 알고 있었다.

그들은 하늘마을 펜션 주변으로 노란색 바리케이드 천을 치기 시작했다.

모든 게 진혁의 말대로였다.

이삼일 후면 이곳은 모든 것이 정상화될 것 같았다.

그러나 그 전에 이곳을 방문하는 자들이 생긴다면 큰 문제다.

그렇기 때문에 이들은 급한 일부터 해결하고 광부들을 시내에 있는 임시숙소로 삼은 학교로 데려다 주었다.

모두가 정신적으로 공황 상태이기 때문이었다.

이미 카르카스에 의해서 지옥의 구멍 속으로 들어간 몇몇 광부들도 있지 않는가.

매일 그것들을 보고 지낸 광부들인 만큼 정신적인, 육체적인 치료가 필요했다.

"오빠가 걱정 안되세요?"

지혜가 박정원에게 물었다.

그녀로서는 안연우나 박정원이 너무도 묵묵하게 일만

하기 때문이었다.

"걱정되지."

박정원이 지혜를 보면서 싱긋 웃었다.

"그런데 왜 일만 하세요?"

지혜가 따지듯이 물었다.

"그러면 어떻게 하니?"

박정원이 지혜의 얼굴을 들여다보면 말했다.

"구하러 가야죠."

"그래야겠지."

박정원은 고개를 끄덕였다.

그리고 눈을 들어 탄광이 서있는 방향 쪽으로 시선을 돌렸다.

물론 이곳에서 탄광이 보일리는 없다.

"탄광이 거의 다 무너졌다는구나. 그 부근이 안전해지면 가자."

박정원이 지혜에게 말했다.

"시간이 지체되면 오빠가 더욱 위험해지는 거 아니에요?"

"글쎄다."

박정원의 얼굴에서 처음으로 미소가 피어올랐다.

"왜 웃으세요?"

지혜가 툴툴거렸다.

"내 생각엔 너도 그분이 죽는다고 생각하지는 않는 것

같은데?"

"……"

"우리가 지금 하는 일도 그분이 시킨 일이다."

박정원은 계속 말을 이었다.

"나도 너처럼 마음은 무겁다. 하지만 그분이 당부한 일들을 처리하는 게 우선이라고 생각했단다. 너도 알다시피 우리가 나서는 것이 오히려 그분에게 걸림돌이 될 수도 있단다."

"……"

박정원의 말에 지혜는 아무런 대답도 하지 못했다.

사실 진혁이 일부러 탄광 안으로 들어오기는 했다.

그 이유는 자명했다.

납치당한 이정남이나 자신을 구하기 위해.

그들에게 속아 제 발로 탄광 안으로 들어온 광부들을 살리기 위해서였다.

"그래도 최대한 빨리 탄광에 가 봐요."

지혜가 뾰로통한 표정으로 말했다.

그때 박정원이 들고 있는 무전기에서 소리가 났다.

박정원이 재빠르게 무전기를 귀에 갖다 대었다.

"아…"

그의 얼굴에서 환한 미소가 피어올랐다.

진심으로 말이었다.

박정원은 무전기를 하다 말고 지혜을 쳐다보았다.

"탄광 쪽을 주시하고 있는 요원에게 연락이 왔다. 단장님이 살아 계시다는구나."

박정원은 무전기를 내려놓고 지혜에게 속사포처럼 말했다.

그의 말 한마디, 한마디에는 굉장한 흥분이 서려있었다.

"정, 정말이요!"

지혜가 믿기지 않는다는 표정으로 소리 질렀다.

"야호!"

지혜는 그 자리에서 깡충깡충 뛰었다.

"아저씨!"

그녀는 이정남을 찾으면서 달렸다.

❖

양재동 최진혁의 집.

진혁은 아버지 최한필 교수와 어머니 장혜자가 있는 안방에 함께 있었다.

"당분간 제가 없을 겁니다."

진혁은 조용히 말했다.

"……."

최한필 교수는 아무런 말도 하지 않았다.

자신을 구하러 와준 아들.

그 아들은 자신의 마지막 기억 속에 있는 아들이 아니다.

전혀 다른 인물.

그렇다고 위압감이 들거나 자신의 아들이 아니란 소리가 아니다.

과거, 그의 아들은 부모에게만 자식이었다.

하지만 지금 눈앞의 아들은 부모에게만 자식인 아들이 아니었다.

대한민국의 자식.

더 나아가서 세계인의 자식으로 성장할 아들이었다.

그런 아들에게 걸림돌은 되지 말아야지 하고 늘 다짐하던 터였다.

항상 그런 각오를 해서 그런지 최한필 교수는 담담했다.

하지만 어머니 장혜자는 달랐다.

주르르륵.

그녀의 눈가에서 눈물이 흘러내렸다.

"꼭 가야하니?"

울먹이는 소리로 장혜자가 아들 진혁을 보면서 물었다.

"죄송합니다."

진혁은 그런 어머니 장혜자를 보면서 고개를 숙였다.

장혜자는 늘 불안했다.

언제든 날아가 버릴 것 같았다.

자신의 아들이 말이었다.

너무도 커서 자신의 눈에 다 담지 못하는 순간이 오면 아들은 멀리 사라질 것만 같은 불안감이 늘 있었다.

그런데 그 불안감이 이제 현실이 되었다.

똑똑똑.

안방을 향한 노크소리가 들렸다.

장혜자는 일어나서 조용히 문을 열었다.

배영신이 그 자리에 서있었다.

그녀는 울먹이고 있는 장혜자를 보면서 미소를 지었다.

"자식이 셋씩이나 있는데 뭔 눈물이 그리 많아요?"

지혜의 어머니, 배영신은 여장부답게 말했다.

"그, 그러네요."

장혜자가 눈물을 훔치면서 말했다.

어느새 배영신 뒤로 진명과 소희가 서있었다.

그리고 지혜도 말이었다.

"그만하고 애를 보내줍시다."

최한필 교수가 자리에서 일어나 안방에서 나왔다.

장혜자도 그 뒤를 따랐다.

"오빠야, 빨리 돌아와."

소희가 진혁의 옷깃을 만지면서 말했다.

"고맙다."

진혁은 소희가 대견했다.

태백산까지 따라왔다가 도로 서울로 돌아올 수밖에 없던 소희였다.

그런데 그 이후, 소희는 부쩍 성장했다.

지혜가 그간 겪은 일을 말해주어서 인가 보다.

물론 진혁이 마법사라는 것까지 발설하지는 않았다.

하지만 자신의 오빠가 어떤 일들을 겪는지.

그런 것들을 알게 된 이후, 소희는 떼를 쓰지 않게 되었다.

진혁으로서는 그저 고마울 뿐이었다.

"잘 부탁한다."

진혁은 진명을 보면서 말했다.

"걱정마, 형. 그동안 내가 돈 많이 벌어놓고 있을게."

진명은 환한 표정을 지으면서 말했다.

든든하다.

어느새 자랐을까.

진혁은 진명을 보면서 마음이 든든했다.

덕분에 이렇게 훌쩍 장시간 집을 비울 수 있게 되었나 보다.

착.

지혜가 그런 진혁의 앞에 다가와 섰다.

"고맙다."

진혁은 지혜에게 인사를 건넸다.

"필요 없어. 난 오빠 따라간다."

지혜는 뜻밖의 말을 했다.

진혁은 어이가 없는 눈으로 지혜의 어머니 배영신과 지혜를 번갈아 쳐다보았다.

"큰 손님 가는데 무조건 따라가라고 하셨어."

지혜가 별일 아니란 식으로 말했다.

배영신 마저 미소를 띠면서 오히려 진혁을 향해서 허리를 숙여 인사를 건넨다.

진혁으로서는 이 상황이 무척 어색하기 짝이 없었다.

생각지도 못한 일이었다.

"내가 필요해 질 거야."

지혜가 야무지게 한마디 했다.

"그, 그래."

진혁은 자신도 모르게 대답했다.

그 자신도 이상한 일이었다.

보통 지혜가 따라간다고 하면 절대 안 된다고 대답해야 한다.

그런데 이번엔 그의 입에서 쉽게 허락을 했다.

진혁의 머리나 마음에서는 절대 안 된다고 생각했는데도 말이었다.

"이 애가 하는 행동은 남다르답니다. 이미 아시겠지만.

이번 일은 철부지 애가 치기 어리게 쫓아가는 것이 아니니 따라가게 해주세요."

배영신이 잔잔한 어투로 진혁을 향해서 말했다.

진혁은 자신도 모르게 고개를 끄덕였다.

"그래, 너라면 지혜를 잘 보살필게다."

어머니 장혜자까지 한마디 보탰다.

"형, 지혜 잘 부탁해."

"오빠, 지혜 잘 데리고 돌아와야 해."

진명과 소희도 한마디 했다.

그들은 지혜가 따라가면 진혁이 이곳으로 다시 돌아올 이유가 생긴다는 것을 알고 있었다.

진혁이 다시 이곳으로.

가족의 품으로 돌아오게 하기 위해서 지혜가 쫓아가는 것을 이해하고 있었다.

"……."

진혁은 가족들의 얼굴을 번갈아 쳐다보았다.

그리고 지혜를 쳐다보았다.

"내가 갈 길이 어떤 곳인지 알고?"

"몰라요. 하지만 안전은 하겠죠."

지혜가 해맑은 미소를 지면서 말했다.

"그래, 가자."

진혁은 일이 이렇게 된 이상 더 이상 어쩔 도리가 없다는 것을 알았다.

"다녀오겠습니다."

진혁은 정중하게 가족들에게 다시 한 번 인사를 건넸다.

그리고 지혜와 함께 대기하고 있던 차에 올라탔다.

"태백산으로 가주십시오."

진혁은 운전기사에게 그리 말하고는 조용히 눈을 감았다.

이제 그는 잊혀진 대륙, 그 대륙으로 통하는 문이 있는 태백산으로 간다.

당분간 지구에 되돌아올 수 없다는 것도 안다.

하지만 옆자리에 앉아있는 지혜를 위해서 반드시 살아 돌아 와야 한다.

진혁의 어깨가 무거워졌다.

〈완결〉